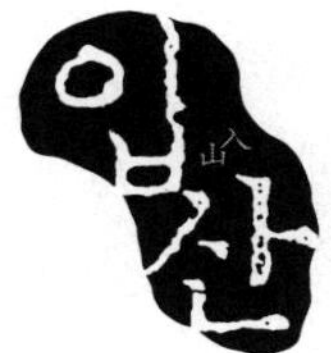

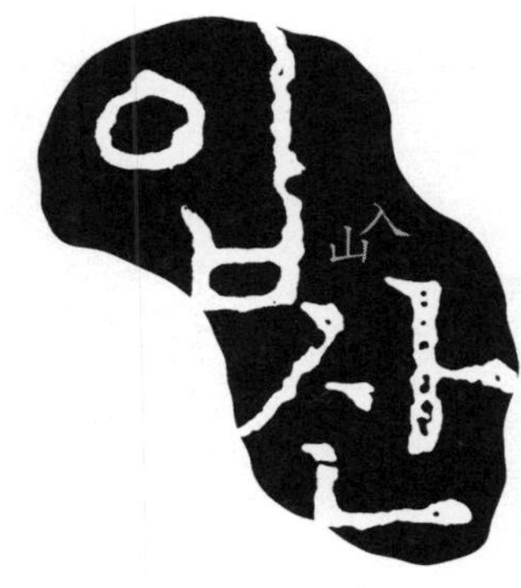

입산

재·연·스·님·행·자·일·기

문학동네

가을 하늘 새털구름, 문수 노스님

바다처럼 넓고 그윽하신 해안(海眼) 큰스님

묵묵히 선 바위, 은사(恩師) 원조 스님

매화 향기 실은 봄바람, 능가 스님

제 어린 가슴에 밝은 빛으로 남으신

거룩한 스승님들께 바칩니다.

입산

1971년 1월   일

며칠 연이어 눈이 내리더니 겨울 같지 않게 하늘이 맑았다.

찬바람에 얼어붙은 산사 입구 눈길이 싸그락싸그락 말을 걸어왔다. 무얼 묻는지, 또 무슨 이야기를 하는 건지 알아들을 것도 같았지만 아무런 대꾸도 하지 않았다. 차 속에서도 내내 스님께서 "왜 왔느냐?"고 물으면 뭐라고 말해야 할지 그것만 생각했었다.

여러 날 동안 깨달음, 해탈, 열반 따위의 절집 말을 곰곰 따져봤지만 그걸 찾으러 왔다고 말하기는 너무 막연하기도 하고, 또 건방진 것 같았다. 도 닦아 견성 성불하겠다는 것은 너무 거창하다. 그냥 보통 눈으로는 보이지 않는 무언가를 찾아 헤매는 구도자의 방랑을 동경할 뿐이다. 고해(苦海)에 빠져 허우적대는 중생을 남김없이 구제하리라는 보살의 이상에 대해서 읽어보기도 했지만 내 스스로 그런 보살이 되겠다고 생각해본 적은 없다. 구제할 중생이 있다면 제일 먼저 나 자신이어야 될 것이다. 하지만 그렇게 말하면 안 될 것 같았다.

공연히 걸음을 늦추기도 하고, 잎 떨군 나뭇가지 사이로 하늘을 올려다보았다. 멍한 가운데서도 가슴에 한 올 서늘한 바람이 일었다.

딱부러진 말 한마디 찾아내지 못하고 절 마당에 들어섰다. 댓돌 위에 여러 켤레의 흰 고무신이 정갈하게 놓여 있는데도 누구 하나 내다보는 사람이 없었다. 그 매운 칼바람 앞에 나 혼자만 세워두고 세상 모두 안락한 꿈속에 들어간 것 같아 갑자기 무섭기도 하고 외롭다는 생각이 들었다. '더 늦기 전에 얼른 돌아갈까?' 하고도 생각했다.

얼마를 그렇게 서 있는데 요사채 한쪽의 구석방 문이 열렸다. 삼십대 초반으로 보이는 스님 한 분이 툇마루에 나와 몸을 좌우로 비틀기도 하고 몇 차례 무릎을 굽혔다 펴고는 마당으로 내려섰다. 그쪽으로 다가가 어정쩡하니 합장을 하고 말했다. "스님 좀 뵈러 왔는데요." 젊은 스님은 더 물을 필요도 없다는 표정으로 앞장서 돌계단을 올라갔다. 스님을 따라 큰법당 옆에 있는 별채로 들어갔다. 아랫목 쪽에 앉아 계신 스님들을 향해 삼배를 올리고 무릎을 꿇었다. 세 분 스님들 가운데 연세가 좀 적어 보이는 스님이 그러셨다.

"어디서 왔어?"

“솜리(익산)서 왔어요.”

“겨우 솜리여? 그리서, 어치께 왔는디?”

“중 될라고요.”

“누가 그걸 몰라서 묻간디. 어쩌서 중이 될라고 허냐 그 말이여, 내 말은!”

눈앞이 깜깜해졌다. 하마터면 나올 뻔한 ‘방랑자’를 어금니로 꽉 물어 눌러놓고 어눌하게 우물거렸다.

“시인(詩人) 될라고요.”

잔뜩 주눅이 들어 엉겁결에 나온 대답이었다. 그럴 수 있다면 얼른 도로 주워담고 싶었었다. 전에 가본 적이 있는 어느 절 나한전에서 본 듯도 싶은 그 스님이 어이없다는 듯이 그러셨다.

“시인? 이런 얼빠진! 별 시답잖은 놈 다 보네, 그려. 절집에 김삿갓 하나 나올랑갑다. 시(詩)허고 중(衆)허고 무슨 상관이 있나? 허기사 큰스님들 게송 따러올 시가 어디 있기나 허겠냐마는, 니까짓 놈이 그걸 알 턱도 없고. 말이 난 짐에 한번 물어보자. 그려, 어떤 시가 좋데?”

어쩌면 그 스님이 아직 다 넘어가지 못하고 내 목구멍에 걸려 있는 방랑자라는 단어를 읽었는지도 모를 일이다. 그게 아니라면 웬 느닷없는 김삿갓이겠는가! 그러나 이미 엎지른 물이었다. 언젠가 읽고 외어둔 게송 구절을 더듬거리는데 등줄기에 식은땀이 나는 것 같았다.

대나무 그림자 뜨락을 쓸어도 먼지 일지 않고
밝은 달 못 바닥을 뚫었으되 잔물결도 없네

竹影掃階塵不動 月穿潭底水無痕

"그게 참 좋데요."
"대서지 보살! 거거태산이로고. 꼭 못생긴 모과맹이로 생긴 대 갈통에 별 요상헌 것이 다 들었네그랴. 주지 스님! 잘 허면 말년에 상좌 하나 더 두게 생겼습니다. 주지 스님한티 새로 삼배 디려라."

그 나한님처럼 생긴 스님과 나를 별 표정도 없이 번갈아 바라보시던 주지 스님이 그러셨다.

"여기 문수 노스님께나 절해라."

나는 자리에서 일어나 꼭 누구에게라고 할 것도 없이 아랫목을 향해 다시 삼배를 올렸다. 나를 데려온 젊은 스님에게 주지 스님이 그러셨다.

"법인 수좌! 이 아이 행자들 방에 데려다주시오."

유행자

1971년 1월   일

　새벽 예불에 나갔다가 행자실로 돌아왔다. 행자실은 공양간 바로 옆에 붙어 있다. 함께 있는 아이들이 모두 다섯이다. 그중에 둘은 중학교에 다니고 나머지 셋은 절 아랫동네에 있는 초등학교에 다닌단다. 어제 처음 보았을 때부터 전혀 낯설어하거나 어려운 기색이 없다. 동생 같기도 하고 조카 같기도 한 그 아이들이 나를 '유행자님'이라고 부른다. 제대로 하면 류(柳)행자라고 해야 되겠지만 유행자(遊行者), 떠돌이, 나그네, 혹은 방랑자라는 뜻으로도 들린다. 어디에도 매이지 않고 바람 따라 한가롭게 떠도는 구름은 참 멋지다. 그게 바로 내 꿈이 아닌가?

　중학교 졸업반인 인수가 어제 저녁 예불 끝에 합장하고 절하는 법을 가르쳐주었었다. 제간에는 뭐라고 설명을 하려고 했는데 앞뒤를 맞춰보면 합장은 몸과 마음을 가지런히 모아 하나로 만드는 거라고 말하고 싶었던 것 같다.

곧 날이 새겠지만 법당에서 돌아오자마자 이불 속으로 기어들어간 아이들이 금세 잠이 들었다. 이 아이들도 나중에 나처럼 중이 되겠다고 나설까? 아마 새벽 예불이 없는 곳에서 살고 싶을는지도 모른다. 시린 손을 불며 쳐대는 종소리가 제 귀에 아름답게 들릴까? 거룩한 관세음 보살의 얼굴에서 기억 어딘가에 감춰진 어머니의 따스함을 느낄 수 있을까?

보살 노래

1971년 2월   일

어떻게 보냈는지 모르게 보름이 갔다. 그 동안 무슨 뜻인지도 모르면서 몇 가지 외우기도 했다. 아침저녁 예불문과 반야심경, 신묘장구 대다라니 등이다. 하기는 아직 완전히 외운 것은 아니다. 예불 시간에 여럿이 함께 외우거나 다른 행자들을 따라 하면 그냥 넘어가는 대목이 혼자 외워보려면 바윗돌에 걸린 수레처럼 앞으로 나가지 못하고, 어떤 때는 뱅글 앞쪽으로 되돌아가기도 한다.

"우리는 대한민국의 아들 딸, 죽음으로써 나라를 지키자"는 우리의 맹세, "반공을 국시의 제일로 삼고"로 시작해서 "육군 소장 박정희"로 끝나는 혁명공약 따위 별 시답잖은 것들은 외우고 말 것도 없이 저절로 들어왔던 것 같은데 지금 이런 것들이 쉽게 외워지지 않는 것은 무슨 말인지 종잡을 수 없는 한문 구절이기 때

문이다. 더구나 뜻을 따지지 말고 그냥 외우라는 범어(梵語) 주문
들은 더욱 헷갈리게 한다. 범어 다라니(咤羅尼)를 해석해서는 안
된다는 것은 도무지 이해할 수가 없다. 무언가 뜻을 품은 사람의
말이라면 당연히 풀이하고 알아야 되는 게 아닐까?
　아직까지 외운 것 가운데 이산 혜연 선사 발원문이 가장 멋지다. 그
중에서도

　　세상 일에 물 안 들고 맑은 행실 닦고 닦아
　　서리같이 엄한 계율 털끝인들 어기리까

하는 구절이나

　　자비스런 마음으로 모든 생명 사랑하되
　　이 내 목숨 버리어도 지성으로 보호하리

또는

　　모진 질병 돌 적에는 약풀 되어 치료하고
　　흉년 드는 세상에는 쌀이 되어 구제하되
　　여러 중생 이로운 일 한 가진들 빼오리까

하는 구절에 이르면 혜연 선사의 큰 서원(誓願)과 자비심에 가슴

이 뭉클해지고 눈물이 난다. 참으로 큰스님이었었나 보다. 이렇게 아름다운 기도가 어디 또 있을까? 시(詩)는 말로, 머리로, 혹은 손으로 쓰는 것이 아니라는 것을 알 것 같다. 참말로 그런 것은 아니었지만 여기 처음 오던 날 능가 스님이 물으셨을 때 "시인 되러 왔다"고 했던 내 대답이 참으로 부끄러워진다. 얼마나 한심스럽게 보였을까?

삭발

1971년 2월   일

아침나절에 온 대중이 나와 법당 마당의 눈을 치우는데 주지 스님께서 말씀하셨다.

"법인 수좌, 애 머리 좀 깎아주시오! 거 꺼버엉허니 어디 쓰겄어? 승복도 한 벌 챙겨주고. 그러고 점심부터는 유 행자 너도 큰방에 들어와서 바리때 펴라."

빗자루와 눈 가래를 한쪽에 치워놓고 법인 스님을 따라 수곽(水廓)가로 갔다. 찬물로 머리를 적시고 쪼그려 앉은 채 목을 쑤욱 늘여 뺐다. 손가락 하나 길이쯤으로 자란 머리카락이 스르륵스르륵 소리와 함께 얼어붙은 눈 위에 떨어져내렸다. 삭발을 하면 최소한 간단한 의식이라도 있을 것이라고 기대했었는데 너무 마구잡이 같아 약간 심사가 불편하기도 했다. 거기다 처음에는 괜찮겠거니 생각했던 눈 녹은 물의 찬 기운이 머리를 온통 얼얼하게 만들어버렸다.

눈물이 찔끔 났었다. 우선은 잘 들지 않는 삭도날 때문이기도 했다. 그러나 한편으로는 내가 꼭 목을 길게 늘여 빼고 캄캄한 굴 속을 들여다보는 우둔한 거북이 같다는 생각이 들었었다. 알 수 없는 미래에 대한 막연한 불안감 같은 것이었다. 법인 스님이 후원의 고리짝에서 찾아 내준 승복으로 갈아입고 큰법당으로 올라갔다. 탁자 밑에 엎드려 절하며 속으로 여러 차례 혜연 선사 발원문을 외웠다.

처음으로 들어간 큰방에서의 공양 끝에 주지 스님께서 그러셨다.

"행자가 무언가? 출가 사문(沙門)의 법도를 바르게 배우고 실천하는 사람이라는 소리겠지? 그 말은 또 제 눈을 가지고 혼자 꼿꼿이 서는 법을 배우는 사람이라는 뜻이여. 그러면 앞으로 어떻게 해야 될 것인가는 이미 정해진 거나 다름이 없지. 경전이나 큰스님들의 어록이 있고 또 스승과 도반이 있지만 참으로 깊은 법은 누가 가르치고 또 그렇게 배울 수 있는 게 아니여. 스스로 갈고 닦으면서 터득헌다는 말이여. 오늘부터 눈을 똑바로 뜨고 대중 스님들이 허는 모습을 지켜봐. 본받을 만한 것은 따르고, 마음에 거슬리는 것이 있으면 '나는 저리 허지 않겠다'고 새겨둬. 세상에 스승 아닌 것이 없는 벱이여. 눈을 뜨고 찾는 사람한티는 산 속에 다람쥐도, 들판에 까마구도, 허다 못혀 변소에 있는 구데기나 죽은 고목도 스승인 거여. 또 늘 기껍고 고마운 마음으로 나보다는 다른 사람의 뜻을 존중허고 애끼는 것을 잊으면 안 돼야. 그게 보살 아니겠어? 나가봐."

신발을 신고 툇마루로 내려서는데 마루에 나오신 능가 스님이 그러셨다.
"그놈에 무명초(無明草) 벳겨냉게 훤언허다. 대낮에 달이 하나 떴고만. 시원허니 좋지야? 머리통이 울퉁불퉁헌 것이, 그려, 중노릇 잘허겄다!"
못생겼다고 흉보는 것인지 칭찬인지 아리송하지만 축복이자 덕담이라고 생각키로 했다.

청개구리

1971년 2월　일

　공양간에 벗어둔 신발 속에 청개구리 한 마리가 들어앉아 있었다. 산에 눈이 많이 쌓이면 절 주변에 노루며 산토끼가 내려온다는 이야기는 들었지만 개구리가 왔었다는 이야기는 들어보지 못했다. 금세 터질지도 모르는 비누 거품을 집어들듯 조심스럽게 청개구리를 집어 나뭇단을 쌓아둔 허청 한쪽 구석 우묵 들어간 틈새에 넣어주었다. 바람이 막혀 아늑하기도 하지만 늘 군불을 때는 아궁이에서 멀지 않아서 새봄까지 얼어죽지 않고 지낼 만한 곳이라고 생각해서다.

　눈 내리는 겨울, 계절도 계절이지만 왜 하필이면 내 고무신 속에 들어갔을까? 초등학교 교과서 어딘가에 있던 청개구리 이야기를 생각했다.

　"그래, 나가라. 벌써 봄이 되었구나."

그렇게 엄마가 가지 말라고 한 소리를 참말로 알아듣고 기어나온 걸까? 아니면 나처럼 엉뚱한 맘을 먹고 출가를 한 걸까? 그것도 아니면 그냥 그 동화를 다시 새겨보라고 나타난 걸까?

1971년 2월   일

얼어붙은 청솔가지를 아궁이에 가득 밀어넣고 싸르르르, 치지지지 타들어가는 소리를 듣는 게 참 좋다. 밥솥 뚜껑이 들썩거리는 기색이 보이면 더이상 나무를 넣으면 안 된다. 들어 있는 것만 태우다가 밥물이 넘쳐오르면 얼른 부삽으로 두들겨 불기운을 죽이고 아궁이 깊숙이 밀어넣는다. 한동안 숯불만으로 뜸을 들이는데, 이제 부지깽이 장단에 맞춰 염불을 하는 시간이다. 반야심경, 혜연 선사 발원문, 나옹 스님 토굴가, 신묘장구 대다라니, 의상 조사 법성게 등 그때그때 마음 내키는 대로 골라잡지만 그중에서도 혀가 잘 돌아가지 않는 대목을 여러 번 반복해서 외운다.

그러나 귀와 코는 밥솥을 향해 열려 있어야 한다. 혹시 뜸드는 것이 시원치 않으면 가랑잎을 조금 더 넣어 불기운을 올리고, 화기가 너무 세거나 밥솥에서 나는 단내가 좀 진하다 싶으면 지체없이 숯불 위에 소금을 한 줌 뿌려주어야 된다. 밥이 너무 되면 노스님들이 고개를 갸웃거리고, 너무 질면 젊은 스님들이 미간을 찌푸린다. 솥뚜껑을 열었을 때 하얀 김과 함께 풍겨나오는 냄새를 맡으면 밥이 어떻게 되었는지 금세 알 수 있다: "좋았어!" 혹은

“어메, 큰일났네!” 아니면 “대충 괜찮겠군!”

부지깽이를 두드리며 염불을 하다 보면 밥이 잘되게 하는 주문은 없을까 하는 생각이 들기도 했다. 스님들이 아시면 경을 칠 일이지만 ‘보기에도 좋고 감칠맛 나는 공양’을 생각하며 내가 하나 만들었다.

정반진언(淨飯眞言) 옴 고슬고슬 반지르르 맛나맛나 사바하!

하지만 아직까지 소리나게 외워본 적은 없다. 아마 이걸 발설했다가는 그날로 바로 쫓겨나게 될는지도 모른다.

1971년 2월   일

오늘도 청개구리가 나왔다. 후원 툇마루의 댓돌 옆에 쪼그리고 있었다. 저번 날 그놈 같기도 하고 조금 작아 보이는 것도 같다. 손바닥에 놓고 살펴보고 있는데 마침 지나치시던 능가 스님이 그러셨다.

“대서지 보살! 그놈 배꼽시계가 고장났능갑다.”

능가 스님은 대세지 보살(大勢至菩薩)을 꼭 대서지 보살이라고 부른다. 누군가 하는 짓이 야무지지 못하거나 안타까운 일이 생기면 꼭 “대서지 보살!”이 나온다. 그리고 아주 못마땅한 일을 보시면 “이런 호랭이 물어갈!”이다. 후원의 행자들끼리도 맘에 들지 않는 일이 생기면 능가 스님의 억양을 흉내내어 "이런 호랭이 물어갈!" 하고 중얼거리는데, 기분 좋은 일이 있을 때도 "이런 호랭이 물어갈!"이다.

사인펜으로 청개구리 등에 까만 점을 찍으려 했는데 잘 되지 않았다. 바느질실 한 토막을 발목에 감아 표시를 했다. 혹시 너덜거리는 실밥이 어디에 걸려 감기지 않도록 가위로 실 끝을 짧게 잘라내고 공양간 마루 밑에 두었다. 능가 스님께서 그러는 나를 보셨더라면 혀를 끌끌 차시며 틀림없이 그러셨겠지.

"이런 호랭이, 대서지 보살!"

1971년 2월   일

여섯시 아침 공양 시간에 대기 위해서는 새벽 예불이 끝나자마자 서둘러야 된다. 마음속으로 내가 만든 정반진언을 외우며 밥솥 뚜껑을 열었다. 확 뿜어나오는 김에 서린 밥 냄새는 "그런대로 괜찮겠군!"이었다. 그러나 고개를 한쪽으로 약간 기울이고 주걱 든 손을 부채질하듯 휘휘 젓는데 부연 김 속에 언뜻 뭐가 비친 것도 같았다.

"어어! 뭐지?"

하얀 밥 위에 푸른 상춧잎 같은 것이 내려앉아 있었다. 밥솥 가까이 촛불을 대고 들여다보니, 어메, 대서지 보살! 사지를 쪽 뻗고 드러누운 것은 청개구리였다. 호랭이 물어갈, 도대체 어찌 된 걸까? 주걱 든 손을 움직이지 못하고 한참을 멍하니 내려다보았다. 마치 완두콩을 넣어 지은 밥처럼 청개구리 주변의 밥알이 파르스름하니 물들어 있었다. 파랗게 물든 솥 복판의 밥과 죽은 개구리를 함께 떠서 허청 한쪽에 가랑잎으로 덮어두었다. 아무 일도 없었던 것처럼 들통에 밥을 퍼 담아 큰방에 들어가기는 했지만 내 바리때에는 밥을 받지 않았다. 무슨 일이 있었는지도 모르고 묵묵히 수저를 움직이는 대중들 얼굴을 슬금슬금 훔쳐보며 조금 받은 국만 떠먹는데 죄스럽기 그지없었다.

알 수 없는 일이다. 어떻게 청개구리가 그 밥솥에 들어갔을까? 솥뚜껑을 밀치고 제 발로 들어가 다시 닫았을 리는 없고, 아마 어제 저녁에 미리 씻어 담아둔 쌀 소쿠리에 들어가 있었던 것 같다. 공양 끝에 실토를 해야 되나 말아야 되나 따져보았지만 꾸중들을 것이 겁나서보다는 공연히 평지풍파를 일으키는 일이라는 생각이 들어 끝내 입을 다물었다.

아침 공양을 마치고 큰방에서 나오자마자 서둘러 괭이를 찾아 옆 골짜기로 갔다. 눈 녹아 흙이 드러난 비탈 한쪽에 쪼그려 앉아 가랑잎에 싼 청개구리의 발목을 살펴보았다. 어디에도 실밥 흔적은 없었다. 작은 구덩이를 파서 거의 녹다시피한 청개구리를 묻고, 내가 외울 수 있는 것이라고는 모두 외우며 간절히 빌었다.

다음 생에는 겨울 없는 땅, 불 피워 밥 짓는 인간도 없는 땅, 거기 늘 예쁘게 노래하는 새로 태어나거라!

나무 아미타불, 나무 관세음 보살, 나무 대세지 보살 마하살!

고수풀

1971년 2월   일

법인 스님이 채마밭에서 무언가 고부라지게 하고 있었다. 꽁꽁 얼어붙은 눈을 헤치고 파란 풀을 찾아내어 씻지도 않고 입에 우겨넣었다. 그걸 왜 먹느냐고 물었더니 법인 스님이 그랬다.

"힘 빼고 도통헐라고 그런다, 왜? 이 미친놈이 시도 때도 없이 보채는 통에, 콱 죽여버려야지. 어쩌? 너는 괜찮냐?"

그러면서 내 가랑이 쪽을 빤히 쳐다보았다. 무슨 뜻인지 알아들을 것 같다.

대꾸도 없이 제대로 흙도 씻어내지 않은 풀을 한 입 밀어넣는 나를 보고 그가 피식 웃었다.

1971년 2월   일

　어제도 법인 스님은 채마밭을 뒤지고 있었다. 나도 호미를 하나 챙겨 눈덩이를 깨고 고소(故蔬)를 찾았다. 처음에는 그 풀에서 나는 빈대 냄새가 몹시 역겨웠는데, 며칠 먹었더니 들척지근한 맛도 맛이지만 오랫동안 입 안에 남아 있는 향기가 아주 좋다. 거기다 약효도 그만이었다. 고추가 번데기가 되어버렸다.

　하나라도 더 찾을 욕심으로 부지런히 호미질을 하는데 법인 스님이 불쑥 뱉었다.

　"근데 말야, 너 그게 말짱 거짓말이라는 거 알기나 허냐? 야, 너도 생각혀봐라, 그 양생(養生)이니 뭐니 허면서 온갖 비약을 만들려고 했던 쭝국 놈들이 이 고수풀을 얼마나 먹는지 아냐? 진짜 거기 힘 빼는 거라면 그 뙤놈들이 이걸 먹었겄냐? 실은 이게 양기를 돋우는 풀이여."

　어이가 없어 "그런다면서 스님은 왜 먹어요?" 하고 물었더니 그가 말했다.

　"힘내서 도통헐라고 그런다, 왜? 야, 아랫도리 빳빳헐 때 밀어붙이는 거여. 앞으로 일 년 열나게 밀어보고 안 되면 일찌감치 몸 바꿀란다."

　몸을 바꾼다는 것은 가망 없는 금생의 이 몸을 내던지고 일찌감치 다른 몸으로 태어날 무슨 일을 벌이겠다는 뜻인가 보다. 말대로 된다면 내년 겨울이 지나고 해동할 무렵에는 견성한 법인 스님

을 위해 법상을 차리거나 어디론가 자취도 없이 사라졌다고 수군
대게 될 것이다. 그러고는 곧 잊어버리겠지.

법인 스님은 수북이 쌓인 눈을 헤치고 열심히 고수풀을 찾았다.

어젯밤부터 그 파란 풀의 신묘한 약효는 완전히 사라져버렸다.

미움

1971년 3월   일

　중학교 이학년인 명식이는 공양주 보살님 아들인데, 하는 짓들
이 여간 얄밉지 않다. 제일 늦게까지 이불 속에서 꼼지락거리고,
공양간에서 하는 일에도 슬슬 꽁무니를 빼며 눈치를 살핀다. 가끔
큰방에서 하는 바리 공양을 피하려고 꾀병을 앓다가 늦게사 후원
에 들어간다. 바리때에 제 입에 맞는 반찬만 골라 담아 밥을 비비
면 공양주 보살님이 거기에 참기름이며 깨소금을 넣어준다. 다른
아이들은 감히 만지지도 못하는 참기름병이다.

　사람이 누군가를 미워한다는 것은 무얼까?
　좋아하지 않는다는 것인데, 그럼 좋아한다는 것은 뭐지?

　내가 좋아하는 것이 누군가에게는 싫은 것이 되기도 하고, 내가

옳지 않다고 생각하는 것이 누군가에게는 아무렇지도 않은 것이 될 때도 있다. 그렇지만 당연히 지켜야 하는 예절이나, 의무라는 것이 있다. 그 예절이나 의무라는 것이 그저 누군가가 만든 자기 식 금 긋기였을까? 불가(佛家)의 계율이라는 것도 그런 식일까? 그렇다면 칭찬이나 비난은 아무런 뜻도 없는 거잖아?

그러나 내가 생각하는 한 가지 차이는 세속의 예절이나 의무라는 것이 타의에 의해서 그렇게 하도록 요구된 것이라면 불가의 계율은 자기 스스로 선택한 길이라는 것이다. 제 발로 들어왔다는 것은 이미 만들어진 잣대에 자신을 잘라 맞추고, 특정 집단 고유의 제도와 전통에 순응하겠다고 약속한 셈이다. 지키지 않으려면 내가 나가면 그만이다.

명식이가 제 스스로 택하지 않은 절집 일에 흥이 나지 않을 것은 너무나 당연한 일이다. 그런 명식이를 미워하는 것은 그래서 당연하지 않은 일이다. 진즉에 이미 이런 사정을 알고 계실 스님들이 아무 말씀도 하지 않고 내버려두는 것도 그런 까닭인지도 모른다. 미운 생각이 들면 그때마다 혜연 선사 발원문을 다시 외워야지.

온갖 법문 다 배워서 모두 통달하옵거든
복과 지혜 모두 갖춰 무량 중생 제도하며
여섯 가지 신통 얻고 무생법인 이룬 뒤에
관음 보살 대자비로 시방세계 다니면서

보현 보살 행원으로 많은 중생 건지올 제
여러 갈래 몸을 나퉈 묘한 법문 연설하고
지옥 아귀 나쁜 곳엔 광명 놓고 신통 보여
내 모양을 보는 이나 내 이름을 듣는 이는
보살 마음 모두 내어 윤회고를 벗어나되
화탕지옥 끓는 물은 감로수로 변해지고
검수도산 날센 칼날 연꽃으로 화하여서
고통받던 저 중생들 극락세계 가서 나며
나는 새와 기는 짐승 원수 맺고 빚진 이들
갖은 고통 벗어나서 좋은 복락 누려지이다!

일미칠근(一米七斤)

1971년 3월   일

문수 노스님께서 큰방 툇마루 밑에 쪼그려 앉아 무언가 하고 계셨다. 여러 장의 기와를 세워 세숫대야 크기의 연꽃 모양으로 만들고 속에 자갈을 채워놓은 자리로, 공양 후 바리때 씻은 물을 버리는 곳이다. 거들어드릴 생각으로 노스님께 다가갔다. 그러나 나로서는 도저히 도와드릴 수 없는 일이었다. 소중한 알약 다루듯 자갈 틈에 낀 밥풀을 손바닥에 주워 담더니 입에 넣으시는 것이었다. 눈이 휘둥그레져 쳐다보는 나에게 그러셨다.

"일미칠근(一米七斤)이라고 혔어. 쌀 한 톨에 업이 일곱 근이라는 말이여.

손발톱 잦어지게 일허는 사람들의 은덕을 생각허면 어찌 쌀 한 톨, 밥풀 한 조각을 가볍게 허겄냐? 우리가 먹는 밥알을 일일이 세어보지 않더라도 아마 하루에 만 개는 넉넉히 되겄지? 거그다가 우리가 입은 이 옷, 신발, 덮고 자는 이불은 또 어쩌? 그것을 쌀로 치면 얼매나 되겄어? 이게 다 무거운 빚인 거여. 일곱 근이 아니라 그것에 천분지 일, 만분지 일만 쳐도 이 옷이나 이불이 무거워서 걸음도 못 걷고 잠을 잘 수도 없을 것이고만!

그러며는 어치케 혀야 이 빚을 갚는고? 옛 백장(百丈) 스님 청규(清規)에 일일부작(一日不作)허면 일일불식(一日不食)헌다 허셨어. 하루 일을 안 허면 하루 안 먹는다는 말인디, 지금이사 이 소리가 꼭 저 먹을 것은 지가 일을 혀서 만들어야 된다는 것이라기보다는 시주 물건 무서운지 알고, 부지런히 도를 닦어야 된다고 생각허면 돼야. 도 닦지 않는 출가인은 밥도 먹지 마라 그 말이여! 중 농사가 도 닦는 일밖에 뭐가 또 있겄어?

어디서 들었을랑가는 모르겄다마는 또 이런 이애기가 있지. 스님들이 바리때 닦은 물만 마시는 아귀(餓鬼)라는 놈이 여그, 이 수챗구멍서 산디야. 도 닦는 사람 밥그릇 씻은 물을 마시고 저도 그 공덕을 조게 얻어 가질라고 그러는 거여. 이 배고픈 귀신이 말여, 목구멍은 바늘귀만 허고 배는 수미산(須彌山)만 허다는고만. 그렇게 아무리 먹어도 배가 고플 수밖에. 그런디, 어쩌다 밥티기 하나라도 목구멍을 넘어갔다 허면 배에 불이 붙어서 아프다고 나둥그는 거여.

관세음 보살, 이런 재변이 있나! 그러니, 있는 고통도 덜어주어야 헐 스님덜이 없던 고통을 만들어주어서야 되겄냐 그 말이여.

이게 다 아그덜 무섬 줄라고 만든 소리라고 생각혀서는 안 돼
야. 비단 우리네한티 바리바리 싸다준 시주님네뿐만 아니라 세속
에서 애쓰고 일허는 모든 사람들 공덕과 고마운 마음을 잊으면 도
닦는 수행자라고 헐 수 없는 것이여. 남의 것 받아먹으면서 도 닦
는 것 잊어번지고 소일(消日)허는 출가자보다 세속에서 일험서
남한티 뭘 가져다주는 그 사람들이 훨씬 훌륭헌 수행자고 보살인
거여. 나같이 수챗구멍에 떨어진 밥풀을 줏어먹을 것까지는 없지
마는 버리지는 말어야지.”

문수 노스님의 목소리는 참 맑고 따스하다. 아무 일도 없었다는
듯 법당 앞마당을 묵묵히 걸으시는 노스님의 바싹 말라 호리호리
한 몸이 뒷산 관음봉보다 크고 높아 보였다.

도롱뇽

1971년 3월   일

여기저기 봄빛이 완연하다. 산과 골짜기의 나무 끝이 발그레해
지고 있다. 북쪽 깊은 산그늘이나 바위틈에는 아직도 고드름과 얼
어붙은 눈이 남아 있지만 햇볕이 드는 쪽 비탈은 진즉에 눈이 녹
아 바슬바슬한 마사토를 드러내고, 노란 산수유가 꽃망울을 터뜨
리기도 했다.

냇가에 나가 빨래를 하는데 인수가 물 속에 잠긴 다듬돌 크기의
돌덩이를 잡고 낑낑거리며 나를 불렀다. 돌 밑으로 숨어드는 도롱
뇽을 보았다는 것이다. 살그머니 돌을 뒤집었더니 겁먹은 도롱뇽
이 물 속 자갈 틈에 납작 엎드려 있었다. 꼬리가 달린 것을 보면
도마뱀인데 머리 모양이나 피부는 영락없이 개구리다. 뒤집힌 돌
덩이에 도롱뇽 알이 하나 붙어 있었다. 새끼손가락 굵기에 길이는
연필 자루 정도인데, 얇고 투명한 막 속에 우무채 같은 것이 들어

있어 마치 속이 말갛게 들여다보이는 소시지 같다. 자세히 보면 깨알처럼 까만 점이 여러 개 들어 있다. 인수의 설명으로는 앞으로 얼마 지나면 그 작은 점들이 꼬물거리고, 또 도롱뇽 모양으로 자라게 된다고 했다.

생명이란 실로 신비로운 것이다. 그 깨알 같은 점이 머지않아 움직이는 도롱뇽이 되고, 회색 나뭇가지들이 발그레하게 화색을 띠는가 하면 여기저기 파란 풀잎들이 얼어붙었던 땅을 가르고 새싹을 드러내고 있다.

얼마 안 있으면 사월이다. 사월! 봄이 온다고 내 행자 생활에 뭐가 크게 달라질 것도 없겠지만 파란색은 회색보다 좋다. 그런데 '사월은 잔인한 달'이라고 했던 엘리엇은 무얼 생각했던 것일까? 아직 「황무지」 전문을 읽어보지 못했지만 혹시 그는 파란 새싹에서, 꽃봉오리 속에서, 새 생명 속에서 잿빛 퇴락과 죽음, 그리고 가슴 아픈 이별을 미리 본 것일까?

문득 지난번에 밥솥에서 죽은 청개구리가 생각났다. 그때 발목에 실을 매놓은 놈은 어떻게 되었을까? 지금쯤 양지 쪽 어디선가 해바라기를 하고 있을까? 아니면 어느 어두운 그늘 속에서 이미 삭아버렸을까? 결국 남는 것은 무얼까? 변하도록 되어 있는 것, 무상한 것들을 넘어 영원한 것, 변함이 없는 것은 무엇일까? 그런 것이 있기는 할까?

모든 것이 인연과 조건에 의해 발생한 것이라면 변화하는 환경

과 조건에 따라 변화할 수밖에 없다. 그런데 '모든 것'이 말 그대로 세상에 있는 모든 것, 그리고 우리가 상상할 수 있는 모든 것을 다 포함하는 것이라면 영원무궁, 변하지 않는 것은 없다는 소리가 된다. 그렇다면 그 자체가 존재 이유가 되고 또 결과가 되는 절대자, 최초의 원인, 혹은 신(神)이라는 것은 무얼까? 그것조차도 영원한 것을 희구하는 인간의 이성과 상상력이 만들어낸 허수아비일까?

1971년 3월   일

오늘도 꼬마 행자들과 함께 옆 개울가에 나가 앉아 있었다. 보송보송한 털에 싸인 버들강아지를 만져보기도 하고 아직 채 물이 오르지 않은 버들가지를 꺾어 호드기도 만들었다. 바위 아래 작은 웅덩이에서 산개구리들이 유유히 헤엄을 친다. 태반은 짝을 지어 붙어 있다. 명식이가 그중에 한 쌍을 잡았다. 자세히 살펴보았더니 앞다리를 다른 개구리의 겨드랑이 사이에 끼워 마치 등뒤에서 껴안고 있는 모습이다. 그렇게 마냥 등에 업고 다니려면 얼마나 귀찮고 성가실까 싶어 뒤에 붙은 녀석의 앞다리를 벌려 풀어놓았다. 그런데 그렇게 떼어놓은 수놈은 뛰거나 기지도 못하고 그 자리에서 버름거릴 뿐이었다. 오랫동안 그렇게 붙어다니다 보니 앞다리가 굳어버린 것 같다. 물 속에 넣어주었지만 헤엄도 치지 못하고 배를 하늘로 향한 채 꼼짝도 하지 않았다. 공연히 살생을 한 셈이다.

　언젠가 바닷가에서 보았던 일이 떠올랐다. 갯마을 아이들이 밀물이 들어오는 바닷가 바위에 앉아 낚싯대를 위아래로 들었다 놓았다 하고 있었다. 나중에 보았더니 낚싯바늘이 있는 것도 아니었다. 살아 있는 갑오징어를 노끈에 묶어 물 속에 드리우고 그렇게 움직이면 다른 오징어가 달라붙어 나온다는 것이었다. 한참을 기다렸지만 끝내 걸려나온 놈을 보지는 못했다. 어쨌든 나는 속으로 그게 끈에 묶인 제 동무를 구하러 오는 오징어 특공대일 거라고 생각했다. 지금도 그렇게 생각하고 싶지만 실은 그렇지 않을 것이라는 생각이 더 크다. 중학교 때 형 책상에서 훔쳐 읽은 쇼펜하우어에 있던 '맹목적 의지'라는 것이 끝없이 살고자 하는 의지, 아니면 그토록 애처로운 종족 보존의 본능을 이야기하는 것이었을까?

　골짜기 아래서 한 패의 마을 사람들이 올라왔었다. 손에 주전자를 든 사람도 있고 어떤 이는 플라스틱 통을 들기도 했다. 냇물 속의 돌을 뒤집으며 뭐 그리 즐거운지 왁자지껄 낄낄거렸다. 인수가 웅덩이에 마구 돌을 던지며 그랬다.
　"야, 빨리 도망가! 느그덜 잡으러 온단 말여어! 유행자님, 저 사람들 시방 도롱뇽 알이랑 산개구리 잡는당게요."
　"그걸 어따 쓰는디?" 하고 물었더니 인수는 손으로 입을 싸쥐고 구역질하는 시늉을 하며 말했었다.

"왜액! 그게 몸보신에 겁나게 좋대요. 정력제래요오!"

나는 "쌔끼, 쬐끄만 게 니가 정력제가 먼지 알기나 허냔마?" 하고 중간에서 잘라버리기는 했지만 '인간이란 참으로 요상한 동물'이라는 생각을 했다. 아마 얼음 속에서 그 혹독한 겨울을 이기고 깨어난 도롱뇽의 강인한 생명력과 제 씨를 남기려고 암컷의 등 뒤에 그렇게 달라붙은 개구리의 끈질긴 의지가 제 몸 속에 들어올 거라고 믿는 해괴한 상상력의 산물일 것이다.

저승 판관은 제 몸을 보호한다고 도롱뇽 알과 개구리를 집어삼킨 멀쩡한 사람들에게 어떤 벌을 내릴까? 하기는 벌을 줄 필요도 없을는지도 모른다. 왜냐하면 그걸 삼키기도 전에, 먹을 생각을 일으키는 바로 그 순간 그들은 인간의 모습을 한 양서류, 도롱뇽이 될 것이기 때문이다. 아니, 애초 인간은 꼬리 없는 원숭이에 불과한 것인지도 모른다.

뽕나무

온 대중이 나와 나무 심기 울력을 했다. 군청 산림계에서 가져 온 느티나무, 소나무, 은행나무, 밤나무 묘목을 도량(道場) 주변에 심었다. 여러 해 자라 거의 팔뚝 굵기나 되는 느티나무는 구덩이를 제법 크게 파야 했다. 흙 속에 바람이 들어가지 않게 꼭꼭 밟고 지주를 세워 묶기도 했다. 물을 길어 나르다가 오래 전 일이 생각나 슬그머니 웃음이 나왔었다.

초등학교에 입학하고 얼마 지나지 않아 담임 선생님께서 묘목을 한 그루씩 나누어주셨다. 내가 받은 나무는 다른 아이들 것과는 좀 다른 나무였다. 집에 돌아와서 머슴 김 생원에게 주었다. 나무를 받아든 김 생원이 그랬었다.

"이거 추자나무네. 저그 뒤안으다 심어주께잉!"

김 생원은 뒤뜰 한쪽에 구덩이를 판 다음 두엄을 퍼다 붓고 호두나무를 심어주었다. 다음날 학교에 가서 동무들에게 자랑을 했다.

"우리 김 생원이 그러는디 그게 추자나무래야. 십 년만 되면 추자가 디리디리 열린다고 허드라. 느그덜은 먼 나무냐?"

호두나무는 아무도 없었다. 모두 밤나무 아니면 감나무였다. 내가 이뻐서 호두나무를 골라주신 것은 아니겠지만 선생님이 너무너무 고마워서 속으로 다짐도 했다. '선생님 말씀 잘 듣고 공부도 잘해야지!' 실은 그게 이미 어머니가 여러 번 이른 말이었다.

"선생님이 느그 아부지 친헌 친군디 물빤대기같이 빤질거리고 공부도 못허면 넘부끄러서 어쩌! 해찰허지 말고 머라고 허는가 잘 듣고 그려라잉!"

나무를 심은 지 대엿새나 지났을 때였다. 새잎이 나올 기미도 보이지 않고 전혀 달라지는 게 없어 속으로 은근히 걱정이 되었다. 죽은 건 아닐까? 새 뿌리가 나왔을까? 어찌 되었는지 궁금해서 견딜 수가 없었다. 호미로 나무 밑동을 살금살금 파헤치고 살펴보았지만 새 뿌리가 나온 흔적은 어디에도 보이지 않았다. 살짝 실뿌리 한 가닥을 잘라서 들여다보아도 내 재주로는 죽었는지 살았는지 판별할 수가 없었다. 그러면서도 이틀거리로 똑같은 일을 반복했다. 나중에는 아예 나무를 쑥 뽑아 우물가로 들고 가서 뿌리에 붙은 흙을 깨끗이 씻어내고 살펴도 보았다.

할아버지나 김 생원한테 물어보지는 않았다. 할아버지가 아시면 분명히 "이런 방정맞게스리! 맨날 뽑아서 들고 댕기는디 언지 뿌리내릴 틈이나 있었냐?” 그러실 것 같았다. 그렇게 한 달이 거의 갈 무렵에는 나무가 시들어 마르는 기색이 완연했다. 나른한 봄날 오후 학교에서 돌아와 호두나무 줄기를 뚝 잘라 햇빛에 비춰 보았다. 완전히 죽어 있었다. 말라비틀어진 나뭇가지를 들고 달기똥 같은 눈물을 뚝뚝 떨구고 있는데 김 생원이 그랬다.

“거그다가 이 뽕나무 심으면 돼야. 그까짓 추자나무가 머 좋냐? 뽕나무 심으면 말여 몇 해 안 가서 오디개가 디리디리 열릉게 더 좋아. 너 오디개 좋아허잖여!”

그날 그렇게 호두나무 구덩이에 심었던 뽕나무는 벌써 제법 큰 나무가 되었다. 고향집 뒤뜰의 뽕나무는 올해도 까만 오디를 주렁주렁 달고 동네 꼬마들을 부르겠지?

순이

1971년 4월   일

순이가 라면땅 세 봉지와 삶은 계란 다섯 개를 싸가지고 왔다.
빨간 뾰쪽구두도 신고, 단발머리가 어느새 많이 자랐다. 내가 동
네에서 없어진 뒤로 '겁나게 보고 싶었다' 나!

개울가 바위에 앉아 그 고랑내 살짝 나는 달걀을 우적우적 우겨
넣는 나를 보고 순이가 울었다. 라면땅을 주머니에 쑤셔넣고 일어
서며 순이에게 그랬다.

"나는 하나도 안 보고 싶응게, 다시는 오지마잉."

1971년 4월   일

순이가 엽서를 보냈다.

서울 오빠네 집에 갔다고 했다. 거기서 재수학원에 다닌단다.

엽서에 써 있다. "접때 그랬지? 하나도 안 보고 싶다고. 거짓말인
지 누가 모를 줄 알아. 그치만 나는 참말로 하나도 안 보고 싶다."

진달래

1971년 4월   일

가끔 절 주변의 산을 한 바퀴 돌아 내려온다. 혹시 나무꾼들이 들어왔는지 보기 위해서다. 나무꾼이 있어도 겨우 할 수 있는 일이라고는 "이렇게 멀쩡한 통나무를 베면 어떻게 해요? 삭정이나 치면 몰라도"라거나 "저쪽 안 보이는 곳에 가서 허시오잉!" 하고 말하는 정도지만 그 핑계로 골짜기를 쏘다니며 돌틈에 뽀족이 돋아나는 풀잎과 꽃망울을 보는 게 참 좋다.

잎이 가늘고 늘씬하게 뻗은 춘란(春蘭) 한 포기가 있어 캘까 말까 망설이고 있는데 그리 멀지 않은 곳에서 나무 찍는 소리가 들렸다. 살금살금 다가가서 보니 아랫동네에 사는 영감님이었다. 영감님의 지게 옆에는 꽃망울이 달린 진달래 나무들이 뿌리째 뽑혀 수북이 쌓여 있었다. 쌔고쌘 나무 놔두고 하필이면 그 진달래를 뿌리째 캐는 영감님이 알미워서 한마디 쏘아주었다.

"할아버지! 그걸 그렇게 캐면 어떡해요?"

영감님이 퉁명스럽게 되쏘았다.

"야 이 사람아 그러면 쌩보리 씹어먹는당가?"

"시방 내 말은요, 좋은 나무 다 두고 왜 꼭 진달래만 캐냐고요? 고만 허고 나가요, 얼릉!"

영감님은 난데없는 훼방에 속이 상했는지 두런거리며 주섬주섬 진달래 나무를 지게에 얹었다.

"어떤 중은 큰 나무 벤다고 나가라더니, 이 애기 중은 또 아무 짝에도 못 쓸 진달래 캔다고 나가라네. 나 원 참!"

1971년 4월   일

며칠 사이에 여기저기 진달래가 많이 피었다. 절이 보이지 않는 능선 한쪽에 비켜서서 큰 소리로 노래를 불렀다. 삼절까지 모두 불렀다. 그중에서도 이절이 제일 좋다.

바위 고개 피인 꽃 진달래꽃은
우리 님이 즐겨 즐겨 꺾어주던 꽃
님은 가고 없어도 잘도 피었네
님은 가고 없어도 잘도 피었네

노래를 부르니 그 고갯마루가 정말 누군가 진달래꽃을 꺾어들고 날 기다리던 곳 같기도 하고, 내가 구박받는 머슴이 된 것 같은 생각이 들어 눈물이 핑 돌았었다. 문득 어릴 적 토끼처럼 뛰어다니던 고향 마을 그 야산이 그리워졌다. 그때 그 동무들은 무얼 하고 있을까? 할머니랑 어머니는 또 어찌 지내실까?

이런저런 생각에 잠겨 골짜기를 내려오는데 언뜻 저만큼에 누군가 도란거리는 기척이 있었다. 내가 선 자리에서 몇 발자국 떨어지지 않은 바위에 기대어 꼭 부둥켜안고 있는 두 사람이 보였다. 여자의 머리에 진달래꽃 한 가지가 꽂혀 있었다. 발소리를 죽이고 오던 길을 되돌아 산등성이로 올라갔다.

다시 바위 고개를 삼절까지 불렀다.

1971년 4월　일

영광에서 왔다는 부목 처사 김씨 할아버지는 육자배기를 참 구성지게 부른다. 산비탈에 뉘어놓은 빈 지게에 비스듬히 기대어 "함평 천지 늙은 몸이……" 하고 사설을 뽑으면 나는 멍하니 할아버지 얼굴을 쳐다본다. 이따금 목구멍에서 꺽! 하고 반 박자 맺혔다 돌아나오는 쉰 소리가 아주 멋지다.

어제는 김씨 할아버지를 찾아 멀리서 할머니가 왔다. 할머니가 가져온 조그만 보따리 속에 보리개떡이 들어 있었다. 오랜만에 쑥 넣은 보리개떡을 맛있게 먹었다.

오늘 화창한 아침, 할머니가 지게를 진 할아버지 뒤를 따라 산
으로 갔다. "고사리도 꺾고, 취나물도 있으면 뜯어갈라고" 하시는
할머니 얼굴이 볼그레했었다. 나는 하릴없이 할머니의 귀 뒤에 꽂
힌 화사한 진달래꽃 가지를 그려보았다.

꿈

1971년 4월   일

“내일부터는 새벽 예불 도량석은 유행자가 해라.”

어제 저녁 공양 끝에 주지 스님께서 하신 말씀에 “예!”하고 대답은 했지만 걱정이 되었었다. 한번 잠에 빠져들면 좀체로 일어나지 못하는 평소 버릇으로 보아 도저히 시간 맞추어 깨어날 자신이 없었다. 걱정이 되어 잠이 오지 않았다.

한 아가씨가 객실 마루에 앉아 있었다. 눈이 마주친 아가씨가 어색하게 물었다.

“몇시죠?”

열린 방문 사이로 보인 벽시계가 세시 오십분을 가리키고 있었다.

“세시 오십분이요.”

　나는 소스라치게 놀라 자리를 걷어차고 일어났다. 선잠 속에서 꿈을 꾼 것이었다. 불을 켰다. 벽시계 바늘은 정확히 세시 오십분을 가리키고 있었다.

　서둘러 수곽으로 달려가 세수를 하고 다관에 정수를 받아 법당으로 갔다. 촛불을 켠 다음 다기에 정수를 붓고 향도 피워 꽂았다. 법당 마당에 나와 숨을 고르고 조심스럽게 도량석 목탁을 올렸다. 목탁을 올린다는 것은 아주 낮고 작은 소리로 시작하여 점점 크고 느리게 친다는 것이고, 내린다는 것은 굵고 느리게 시작하여 점점 작고 가늘게 소리를 줄여나가는 것이다. 도량석 목탁은 이렇게 올렸다가 내리기를 세 번 반복하고는 다시 올려 염불을 시작한다. 고요하게 잠들어 가라앉은 대지와 도량을 깨우는 데도 예의가 있어야 되기 때문이다. 조용한 새벽 공기를 느닷없이 흔들어놓는 게 아니고 아침 바람이 풀잎을 흔들어 깨우듯 부드럽고 가는 소리로 하루의 시작을 알리는 것이다.

　평소 수도 없이 연습한 것인데도 목탁 소리가 영 어색하고 목소리는 자꾸만 속으로 기어들어갔다. 거기다가 부지깽이 장단으로는 술술 잘도 풀리던 신묘장구 대다라니가 엉킨 실타래처럼 뒤죽박죽이 되어 가끔 빈 목탁만 두드리는데 진땀을 흘렸다. 시간의 길이는 정해져 있는 것이 아니다. 하루가 눈 깜짝할 사이에 가기도 하지만 단 십 분이 삼 년처럼 길기도 한 것이다. 아마 깨달은 이에게는 지옥의 무량겁(無量劫)이 한순간일 수도 있고, 욕심으로 가득 찬 아귀에게는 극락세계의 한나절이 무량겁이 될 수도 있을 것이다.

이 방 저 방에 불이 켜지고 고요하던 도량에 생기가 돋아나기 시작했다. 그렇게 또 하루가 시작되었다.

아침 나절에 축대에 난 쑥대를 뽑아내고 점심 후에는 담장 구석에 밀려 쌓인 가랑잎도 쓸어냈다. 무슨 신심으론지 시키지도 않은 이것저것 잡다한 일들을 마무려놓고 요사채를 돌아 앞마당으로 나왔다. 객실 마루에 내 또래의 아가씨가 앉아 있었다. 나한테 물었다.

"몇시죠?"

방문을 열고 들여다본 벽시계는 세시 오십분을 가리키고 있었다.

심경 박사

　현오 스님 별명은 심경 박사다. 반야심경에 통달했대서가 아니라 외울 줄 아는 것이 겨우 반야심경밖에 없다는 비아냥이다. 도량석도 반야심경, 기도를 해도 그저 반야심경이다. 명식이가 현오 스님 특유의 목소리를 흉내내어 반야심경을 외우는데 능가 스님이 그러셨다.

　"이런 호랭이 물어갈! 남에 흉도 볼 놈이 보아야지, 제 놈 성적표를 보면 아마 까마구도 웃을 것이다. 대서지 보살!"

　그러고는 손짓으로 방에 있던 행자들을 아랫목 쪽으로 불러모으고 장광설(長廣舌)을 시작하셨다.

　"부처님 법을 공부헌다는 것은 뭘 좀더 외운다거나, 잔머리 굴려서 아는 것허고는 도시 상관이 없는 것이여. 더군다나 우리 선문(禪門)에서는 아는 것이 중요헌 게 아니고 어떻게 행(行)헐 것인가가 문제다 그 말이여. 부처님을 양족존(兩足尊)이라고 허는 것이 무슨 까닭인고? 두 발을 두루 갖추신 어른이라는 말인디, 그러면 외다리가 아닌 사람이면 다 부처님인가? 부처님께서 갖추신 것은 다름아니라 명행족(明行足), 즉 밝은 지혜와 행으로 나타난 실천이라는 거여.

수행이나 기도라는 건 또 무언고? 무시 이래로 쌓은 무명(無明)과 악습을 벗어 명(明)을 찾고, 그런 지혜를 실천(行)할 힘을 기르는 것이 곧 수행이고 기도여.

길이사 많고도 많지. 지리산 천왕봉을 가는디 꼭 한 길만 있는 건 아니잖겄어? 어떤 사람은 고무신 신고 뱀사골서 출발허고, 어떤 사람은 피아골서 운동화 신고 시작헐 수도 있고, 또 어떤 사람은 저 남도 땅끝서부터 맨발로 걸어올 수도 있지 않겄냐 그 말이여.

중요헌 것은 한눈팔지 않고 일심으로 걷는 거여. 시방 저 심경박사 현오 스님도 그렇게 명행족, 부처 자리를 향해서 한 발 한 발 가고 있어. 발이 좀 느리다고, 걸음 폭이 좀 좁다고 빈정대면 안 되는 것이 그 일이여. 언지 어떻게 터질지 아무도 모르는 것잉게! 말이 난 김에 내 이야기 하나 헐랑게 들어봐."

능가 스님 이야기는 이랬다.

부처님 시대에 라자가하(王舍城)의 한 부자 상인의 딸이 자기 집 종하고 눈이 맞았다. 들통이 나서 벌을 받게 될 것이 걱정이 된 그들은 함께 보따리를 싸들고 멀리 달아났다. 아이를 갖게 된 여인은 산월이 가까워지자 친정으로 돌아가자고 남편을 졸랐다. 남편은 내일, 모레 미루다 결국 길을 나섰지만 때가 너무 늦어 길에서 아이를 낳게 되었다. 그래서 생긴 아이의 이름이 빤타까(Panthaka)였다. 나그네라는 말이지만 여기서는 길에서 낳은 아들이라는 뜻이다. 다시 아이를 갖게 되었는데 사정은 전과 같았다. 또 빤타까를 낳은 것이다. 그래서 첫째는 마하-빤타까요, 둘째는 쭐라-빤타까다.

나중에 아이들은 라자가하의 할아버지 집에서 자라게 되었다. 마하-빤타까는 할아버지가 부처님의 법문을 들으러 갈 때마다 으레 따라나섰다. 그러다가 출가하여 머지않아 아라한(阿羅漢)이 되었다. 먼저 스님이 된 형은 할아버지의 승낙을 받아 동생 쭐라-빤타까를 출가시켰다. 하지만 넉 달이 지나도록 네 구절짜리 게송 하나를 외우지 못하는 동생에게 크게 실망하고 말았다. 둔하기 짝이 없는데다 도무지 정진에 진전이 없는 동생이 창피스럽기조차 했다. 그러나 부처님 가까이 있는 것이 좋은 쭐라-빤타까는 집으로 돌아가라는 형의 말을 따를 수가 없었다.

마하-빤타까 스님은 신도들의 공양 초대에 참석할 대중을 가르고 조정하는 소임을 맡고 있었다. 어느 날, 형이 의사 지와까의 공양 초대에 자기를 뺀 것을 알게 된 쭐라-빤타까는 자신의 처지가 너무 슬퍼 집으로 돌아갈 결심을 하게 되었다. 막 승원의 문간을 나서려다 마침 지나치는 부처님을 만났다. 부처님께서는 쭐라-빤타까를 달래 위로하시고 깨끗한 헝겊을 내주시며 말씀하셨다.

"자, 여기 동쪽을 향해 앉아 이 헝겊으로 얼굴을 문질러 닦으며 줄곧 이 한마디만 외우거라. 라조하라남, 라조하라남!"

라조하라남(rajo-haraṇam)은 '때 닦기'라는 말이다. 쭐라-빤타까는 부처님께서 가르쳐주신 대로 헝겊으로 얼굴을 닦으며 "라조하라남 라조하라남, 때 닦는다 때 닦는다 때를 닦는다……" 계속 외웠다. 쭐라-빤타까는 그렇게 얼굴을 문지른 헝겊이 더러워지는 것을 보았다. 그는 모든 것이 무상하여 변화한다는 사실에 온 마음을 모으고 삼매에 들었다.

의사 지와까의 집에 앉아 계시면서도 지혜 눈으로 쭐라-빤타까의 빠른 진전을 보신 부처님께서 한줄기 빛으로 당신 몸을 나투어 쭐라-빤타까 앞에 나타났다. 부처님께서 말씀하셨다.

"때가 묻어 더럽혀지는 것은 비단 그 헝겊뿐만이 아니다. 탐욕의 먼지, 미워하는 마음과 어리석음의 먼지에 물든 마음도 마찬가지다. 이것들을 모두 닦아냄으로써 아라한이 되는 것이니라."

부처님의 말씀을 완전히 이해한 쭐라-빤타까는 명상을 계속하고, 곧이어 신통력과 함께 아라한 과(果)를 증득했다.

의사 지와까 집에서는 공양 준비가 끝나고 막 물 따르기 의식이 시작되려는 찰나였다. 부처님께서 바리를 손으로 덮고 "혹시 대중 가운데 이 공양에 참석지 않은 사람이 있는가?" 물으셨다. "모두 왔다"는 대답에 부처님께서 다시 말씀하셨다.

"승원에 혼자 남아 있는 쭐라-빤타까를 데려오라."

승원에 도착한 지와까의 심부름꾼은 놀라 입이 벌어졌다. 모두 똑같은 모습의 스님들이 도량에 가득했던 것이다. 입을 다물지 못하고 돌아온 심부름꾼은 모셔올 스님의 이름 쭐라-빤타까를 외우며 다시 승원으로 갔다. 그러나 하나같이 모두 자기가 쭐라-빤타까라고 나서는 것이었다. 어찌할 바를 몰라 돌아온 심부름꾼에게 부처님이 말씀하셨다.

"맨 처음 만난 스님의 손을 잡고 오너라."

부처님이 가르쳐주신 대로 했더니 나머지는 모두 사라졌다. 공양이 끝난 다음 부처님께서는 쭐라-빤타까에게 그날 공양에 대한 감사와 축복 게송을 읊게 하시고 깨달은 자 아라한으로서의 첫 법문을 하도록 청했다. 일거에 삼장(三藏)을 통달한 아라한 쭐라-빤타까의 법문은 마치 젊은 사자의 포효와도 같았다.

능가 스님께서 그러셨다.

"쭐라-빤타까 스님이 왜 그렇게 둔했는지 알어? 먼 전생, 가섭(Kāśyapa) 부처님 시절에 아주 영특한 비구였는디, 둔한 동료 스님이 경문을 잘 못 외운다고 픽픽 웃은 과보래야. 대서지 보살!"

박씨 할머니

1971년 4월   일

박씨 할머니는 달랑 홀몸이다. 청상과부인데다가 친척이라고는 아무도 없다고 했다.

앞뒤 이야기로 보아 이 절에 온 지 십 년이 채 안 되는 것 같은데 어떤 때는 수십 년을 산 것처럼 말하고, 어떤 때는 불과 삼사 년도 안 되는 것처럼 이야기한다.

할머니에게 시간이나 세월이란 아무런 의미도 없는 것일까? 그러나 할머니는 아주 정확히 끼니 때에 맞추어 공양간에 나타난다. 절 마당 가까이에 있는 채마밭에 있을 때야 목탁 소리를 듣고 오면 된다지만 제법 멀리 떨어진 밭에 나가 있을 때도 정확히 제 시간에 들어오는 걸 보면 골짜기 어딘가에 당신만 아는 시계가 있는 것 같다.

1971년 4월   일

아침부터 비가 내렸다.

온 대중이 나서서 초파일에 쓸 등을 만드는 것이 요즘 일이다. 제일 간단한 것이 토시등이다. 먼저 대나무를 쪼개어 길쭉한 타원형 고리를 만든다. 이런 고리 두 개를 포개어 럭비공 모양이 되게 묶고 여기에 초꽂이와 손잡이를 만들어 붙이면 된다. 수박등은 조금 더 복잡하다. 토시등과는 달리 동그랗게 만든 같은 크기의 대나무 고리 여섯 개를 얽어 묶어야 된다. 이렇게 만든 수박등에 종이로 접은 연꽃잎을 붙이면 연등이 된다.

점심을 먹고 설거지를 끝냈는데도 박씨 할머니가 오지 않았다. 우산을 들고 골짜기 밭으로 나갔다. 할머니는 흠뻑 비에 젖은 채 감자밭을 매고 있었다. 뜯어놓은 상추와 아욱잎을 소쿠리에 담아 들고 앞장서서 걷는 내 뒤에서 할머니가 웅얼거렸다.

"해가 없응게 때를 알 수가 있어야지!"

빗속에서 "구 구국! 구 구구욱!" 비둘기가 울었다.

건성으로 "할머니! 저 비둘기가 뭐래요?" 하고 물었더니 할머니가 또 그러셨다.

"아이고, 꼬로록! 배고프다, 꼬로록!"

1971년 4월   일

점심때까지 시간이 조금 남아 할머니가 있는 골짜기 감자밭으로 갔다. 할머니가 따놓은 완두콩을 소쿠리에 담는데 할머니가 말했다.

"때 되았는디 얼릉 가!"

"어떻게 알아요?" 하고 물었더니 할머니는 밭두렁에 꽂아둔 부지깽이를 쳐다보았다. 할머니가 짚고 다니던 부지깽이의 짧은 그림자가 북쪽 봉우리를 가리키고 있었다. 해시계였다. 할머니는 결코 세월에 무심한 것이 아니었다. 할머니가 무심하다면 아마 그것은 이미 지나간 시간일 것이다. 어쩌면 할머니는 쉬임 없이 다가오는 미래의 어느 순간을 지켜보고 있는지도 모른다.

1971년 5월   일

초파일이다. 부처님께서 다시 이 세상에 오신다면 이 난리 북새통을 두고 뭐라고 하셨을까? 자기네 등이 부처님 앞에 있어야 된다고, 우리 불공을 먼저 드려야 된다고, 축원에 우리 둘째아들 이름이 빠졌다고 아우성들이다. 이 모두 부처님의 가르침과는 십만 팔천 리 멀고먼 일인 것 같지만 긴 소동이 가라앉고 법당 마당에 밝힌 등불이 아름답다.

박씨 할머니도 마당 한쪽에서 줄지어 늘어선 등불을 쳐다보고 있었다. 평소 합장할 줄도, 부처님 앞에 절을 할 줄도 모르는 노인이다. 나는 할머니 손을 이끌고 남은 등을 쌓아둔 곳으로 갔다. 꼬리표에 할머니 이름을 적어붙이려고 "할머니 이름이 뭔데?" 하고 물었다. 할머니는 마치 남의 이름을 대기라도 하듯 말했다.

"머 이름이나 있간디! 길연가 먼가!"

나는 붓을 들어 꼬리표에 '청신녀 박길여' 그리고 그 곁에 '손자 유행자'라고 써서 수박등에 달고 초를 꽂았다. 할머니에게 등을 들려 아래 마당 끄트머리 모과나무 있는 곳으로 갔다. 늘어진 모과나무 가지에 등을 매달고 나란히 합장을 하고 섰다. 그리고 빌었다.

"할머니, 그리고 모든 외로운 사람들에게 이 등불처럼 환한 미소를 내리소서!"

수박등 아래 할머니 오목한 입이며 주름이 참 곱다.

눈먼 놈

1971년 5월   일

공양간에서 머위잎을 다듬다가 문득 생각했다. 내가 지금 무슨 짓을 하고 있는 걸까? 눈물이 핑 돌았다. 일손을 놓고 일어섰다.

푸르러지기 시작하는 골짜기 너른 바위에 누워 하늘을 바라보았다. 흰 구름이 빠르게 흐르고 있었다. 세상 또한 나를 이 산 속에 홀로 떼어놓고 앞으로 마구 달려가고 있었다. 이대로 여기 있다가는 도저히 따라잡을 수 없게 멀리 달아나버릴 것 같았다. 지금이라도 돌아갈까? 그러나 그것 또한 우습다. 다시는 오지 않겠다고 누구랑 다짐을 한 것도 아니고, 도로 산중으로 가라고 몰아낼 사람도 없겠지만, 유유자적한 대 자유의 방랑자를 꿈꾼 것이 언젠데 벌써 작파한다는 것도 영 내키지 않는 일이었다. 허지만 이렇게 멈칫거리다가 끝내 홀로 되면 어쩌지?

아니, 나는 진즉에 이미 홀로야!

드러누워 망연히 쳐다보는 흰 구름이 어지러웠다. 눈물방울이 눈꼬리를 타고 흘러 바위에 떨어졌다.

해가 서쪽으로 제법 기웃해져 골짜기 아래로 내려왔다. 사자암 가는 길로 문수 노스님과 능가 스님이 올라오고 계셨다. 포행(布行)을 나오신 것이다. 능가 스님께서 내 얼굴을 빤히 들여다보시고 말씀하셨다.

"대서지 보살! 이 화상이 이게 무신 일인고? 왜 눈은 퉁퉁 부어 가지고 그 모양이여?"

자초지종을 듣고 난 능가 스님이 그러셨다.

"이런 맹헌 놈! 허둥대고 내달리면 달릴수록 근본에서 멀어진다는 것을 알어야지, 그래. 니가 지금 서 있는 그 자리, 그 마음이 곧 세상의 중심이어야 출가헌 중이라고 헐 수 있는 거여. 쫓아가서 뭐가 달러지겄냐? 이 우주가 생겨난 이래로 변한 건 아무것도 없어. 더 좋아질 것도 없고, 그렇다고 나빠질 것도 없는 거여. 그저 못난 중생들이 이런저런 욕망에 싸여 허겁지겁 내달리고 좌충우돌 부딪칠 뿐이지.

출가가 뭐냐? 어디로 가는지도 모르고 굴러가는 그 탐욕과 미혹의 불 속에서 뛰어내리는 것이 출가여. 날 출(出)자, 집 가(家)자, 불난 집에서 뛰쳐나온 거란 말여!

눈을 쪼께라도 뜬 인간이 품어봄직헌 오직 하나의 욕심이 뭔지 아냐? 욕심을 버리겄다는 욕심이여. 한 발짝도 안 움직이고 여기

이대로 서 있겠다는 원력인 거여. 그리 되면 이제 욕심이 아녀. 알어 몰라? 이런 맹헌 놈!

시인이 되겠다고 혔지? 내가 시 하나 읊어보랴? 옛적 한산 큰 스님 게송이라고 허는디, 들어봐라잉.

　　그대 편안히 쉬려거든 한산(寒山)에 오게

　　은은한 솔바람 가까이 들으면 더 좋아

　　그 아래 반백이 된 머리로 노장(老莊)을 읽네

　　들어온 지 십 년도 넘어 나가는 길조차 잊었지

이런 걸 왈, 시라고 허는 거다."

능가 스님께서 휘이 산자락을 돌아보셨다.
욕심이 아닌 욕심, 이 자리를 온 우주의 중심으로!
하지만 잘 모르겠다.

아미타불

1971년 5월   일

새벽 예불 마지막 순서는 장엄 염불이다. 장엄 염불은 북, 징, 목탁, 요령 소리에 맞춰 아미타불의 서방정토 극락세계를 찬탄하는 이런저런 게송을 합송하면서 한 구절 한 구절 뒤에 후렴처럼 "나무 아미타불!" 하고 외운다. 늘 궁금하던 것이어서 아침 나절 포행을 나오신 문수 노스님께 여쭈었다.

"노스님, 염불을 어떻게 해야 되지요? 그냥 나무 아미타불만 계속 외우면 되는가요?"

노스님께서 내 팔을 끌어 돌계단 한쪽에 앉히시고 차근차근 설명해주셨다.

"아무 생각 없이 그저 입으로 외우는 것은 염불(念佛)이 아니고 창불(唱佛)이 아니겠냐? 염불이라는 말이 안 그려? 마음속으로 아미타 부처님의 서방정토 극락세계를 염(念)허고 관(觀)혀야 염불이지. 관헌다는 것은 육안이 아닌 심안, 마음의 눈으로 본다는 소리여. 우선 아미타 부처님은 여기서 서쪽으로 십만억 국토를 지나 아득히 먼 세계인 극락정토를 주재허시는 부처님이라고 허는디, 그거야 할머니들한티나 헐 소리고, 우리 같은 선문(禪門)의 수행자라면 뭔지 달리 생각헐 줄 알어야지.

아미타불은 범어 아미타바(amitabhā)의 한문 번역이여. '아미타(amita)'는 한량없다는 뜻이고 '바(bhā)'는 빛이라는 뜻이니 무량광(無量光)이라고 의역되었지. 이 한량없는 빛이란 다름아닌 깨달은 이의 한량없는 지혜와 자비를 이르는 것이여.

그러면 또, 이 깨달은 사람, 즉 부처란 누군고? 나한티 있고 또 너한티도 있는 불성(佛性)이 곧 부처고, 또 너와 내가 곧 이미 완성된 부처라는 것을 여실히 깨달은 사람이 부처지. 그래서 각자(覺者)라고 허는 것 아녀? 또 깨달은 중생이 부처요, 깨닫지 못헌 부처가 중생이라는 것도 같은 소리여.

그러며는 어떻게 해야 제대로 된 염불인고? 옛 나옹(懶翁) 큰스님의 게송에 이런 것이 있어.

아미타 부처님 어디에 계신가?
마음에 새겨두고 잊지 말게
마음 다하여 마음 없는 곳에 이르면
여섯 문은 늘 자금색 빛을 뿜으리

阿彌陀佛在何方 着得心頭絶莫忘

念到念窮無念處 六門常放紫金光

　사실은 이 게송 하나가 염불의 모든 것을 다 가르치고 있는 거여. 입으로 아미타 부처님의 명호를 외우면서 마음으로는 이 아미타 부처님이 누구고 무엇인가? 하고 일심으로 참구허라 그 말이여. 마음이 다해서 마음 없는 곳에 다다른다는 것은 바로, 무언가를 찾고 있는 주체도 또 찾을 대상도 모두 사라진 경계에 도달헌다는 것이지. 그리 되면 어느 찰나(刹那)엔가 나를 포함한 온 우주가 밝은 빛이 되는 거란 말여. 여기서 육문(六門)이라는 것은 우리의 오관(五官)과 마음을 이르는 거여. 굳이 서쪽으로 십만억 국토를 가지 않고, 바로 이 자리가 극락정토요, 이 몸이 곧 아미타불이라 그 말이여. 그러면 저 법당 탁자에 모셔진 아미타불은 나무나 돌로 만든 우상이 아니라 바로 나요, 불성을 가진 모든 중생이지.

　어쩌, 뭔 소린지 알겠어?"

　"예!" 하고 막둥이처럼 대답은 했지만 이 흠투성이의 불완전한 내가, 욕심 부리고, 시샘하고, 어리석은 중생이 곧 부처라는 것은 지금도 끝내 이해할 수 없는 것이다. 그러나 다른 분도 아닌 문수 노스님의 설명을 의심하지는 않는다. 내가 이해하지 못할 뿐 노스님이 거짓말을 하신 거라고는 생각할 수 없기 때문이다. 노스님께

서 호두를 대추라고 하시더라도 거기에는 분명히 어떤 깊은 뜻이
있기 때문일 것이다. 출가하여 문수 노스님을 뵙게 된 것이 내게
는 참으로 큰 행운이요, 과분한 복인지도 모른다. 문수 노스님께
서 성취하신 수행의 절반, 아니 반의 반이라도 이룰 수 있다면 내
이번 생은 실로 값진 것이 되리라.

　　본래 구족하여 완전한 자성불(自性佛)
　　한량없는 지혜와 자비의 부처님!
　　바로 지금 이 자리
　　내 가슴에 그리고 모든 중생과 함께하시는
　　아미타 부처님께 귀의합니다.
　　나무 아미타불!

객승

1971년 5월   일

어제 저녁 느지막이 젊은 객승이 왔다. 작달막한 키에 눈빛이 매섭다. 새벽 예불을 마치고 장명등을 끄는데 저만큼 희끄무레한 어둠 속 바위 위에 앉아 있는 것은 그 객스님이었다. 그렇게 밤을 새운 듯했다.

1971년 5월   일

자정이 지나 변소에 갔다 오다가 법당에서 새어나오는 불빛을 보았다. 탁자 밑에서 졸고 있던 객스님이 내가 연 문소리에 깨어 수그러들었던 고개를 다시 들었다. 그 곁에 다가가 앉았다. 젊은 객스님이 비식이 웃으며 그랬다.

"다 쓰잘떼기없는 짓이여. 가서 자던 잠이나 자!"

속으로 슬쩍 부아가 났지만 일어나 방으로 들어왔다. 방 가운데 오똑 가부좌를 틀고 앉았다. 아직 화두가 무엇인지 제대로 모르지만 어느 책에서 읽은 대로 '이 무엇고?' 화두를 챙겨들었다.

그러나 길들지 않은 화두는 굴레 벗은 말처럼 어디론가 자꾸 달아나고, 대신 시시콜콜 다 잊었던 어릴 적 일들—다섯 살 때 동네 방죽에 빠졌던 날 입었던 멜빵 달린 삼베 바지, 초등학교 때 중간치기를 하고 종달새 집을 찾아 종일 야산을 쏘다니던 일, 학교 길에 아랫도리를 드러내고 오줌을 누다 얼른 일어서던 영자의 빨개진 얼굴, 중학교 이학년 때 청소 시간에 십원짜리 종이돈을 주워 슬그머니 주머니에 집어넣었다가 사먹은 국화빵 그 찜찜한 맛, 호박꽃에서 나는 비적지근한 꽃밥 냄새, 고등학교 때 그 담임 선생님, 순이네 오빠한테 코피 나게 얻어맞은 일…… 그런 것들만 머리에 가득했다.

기억이란 참 묘한 것이다. 어느 구석에 그런 것들을 그렇게 숨겨두었다가 객쩍은 때 또 그렇게 쏟아내는 걸까? 얼마나 지났을까, 객승이 방에 들어왔다. 내가 눈을 뜨고 그랬다.

"진짜로 쓰잘떼기없는 짓이네요잉!"

1971년 5월   일

다시 법당 문이 환했었다. 또 그 쓰잘떼기없는 짓을 하고 있는 걸까? 왜 쓰잘떼기없는 일을 자꾸자꾸 해야 되지? 그게 정말 쓸

데없는 짓일까? 창호지를 통해 나오는 불빛이 유난히 밝았다. 다시 한번 물어봐야지. 나는 법당 옆 쪽문을 열고 삐쭉이 고개를 들이밀었다.

아! 탁자 밑에 무릎을 꿇고 앉아 치켜든 객승의 오른손이 붉은 연꽃으로 활활 타오르고 있었다.

너무 뜨거운 그림에 내 온몸이 차갑게 얼어붙었다. 감히 벌어진 입을 다물지 못하고 그의 일그러진 얼굴, 부릅뜬 눈을 쳐다볼 뿐이었다.

늦은 아침, 객승은 문수 노스님이 내주신 광목 보자기로 손가락 두 개가 반쯤 타버린 오른손을 둘둘 말고 아무 일도 없었다는 듯이 하느적하느적 산 아래로 내려갔다. 뒷모습이 지난 생에도 여러 번 만났던 사람처럼 눈에 익어 보였었다.

소설 『등신불』 속의 자기 몸을 태워 바치는 만적 선사 이야기가 생각난다. 그 젊은 객스님은 무엇을 위해 자신의 손가락들을 태웠을까? 눈을 부릅뜨고 불타는 자신의 손가락을 바라보며 그는 무슨 결의를 다졌을까? 얽히고설킨 인연의 끄나풀을 손가락과 함께 태워버린 걸까? 아니면 깜깜하게 앞을 가로막는 무명(無明)의 암흑을 밝히려는 것일까? 그것도 아니면 여지껏 그 손으로 저지른 업(業)을 참회하는 것일까?

불탄 손가락에 덧이나 나지 말았으면 좋겠다. 그 스님으로서야 상처가 덧나 아픔이 심하면 심할수록 당초의 결의가 더 굳어지겠지만.

초발심 자경문

1971년 5월   일

아침에 호출을 받고 주지 스님 방으로 갔었다. 붓으로 베낀 얄팍한 책 한 권을 건네주시며 스님께서 말씀하셨다.

"거그 표지에 써 있는 대로 초발심 자경문이라는 것인디, 옛적 큰스님들께서 출가헌 사람이 맨 첨으로 익혀야 될 것들을 조목조목 간곡히 이르신 것이여. 그저 한 번 읽고 말 것이라고 생각혀서는 안 돼야. 평생 가슴으다가 새겨놓고 스스로 비춰보는 거울이 되어야 헌다 그 말이여.

내일부터 내가 뙤어줄 것잉게, 우선 갖고 가서 보고 모르는 한 자가 나오며는 옥편 찾어서 공책에다 써둬. 낱글자 하나하나가 그리 어려운 것은 아니지마는 특별헌 불교 용어는 세속의 상식으로 뚜들겨 맞춰갖고는 말이 안 되는 게 더러 있어. 니가 머 그럴 수도 없을 테지마는, 아직은 뜻을 새기고 따지려 들지 말고 우선 모르는 글자나 찾아서 익혀두란 말이여. 내일부터 점심 공양 후에 설거지 끝나면 바로 내 방으로 와. 재주 있는 사람은 이 초심(初心) 한 번 읽고도 문리(文理)가 터지는 법인디, 너는 어쩔랑가 모르겄다. 저그 저 옥편도 갖고 가!"

행자실로 돌아와서도 자꾸만 '니가 그럴 수도 없을 테지마는' 하는 대목이 떠올라 좀 자존심이 상하기는 했지만, 다시 '재주 있는 사람은 이 초심 한 번 읽고도 문리가 터지는 법인디, 너는 어쩔랑가 모르겄다' 는 대목을 생각하면 은근히 걱정이 되었다. 아직까지 한 번도 스님 앞에 책을 펴놓고 앉아본 적이 없는데 첫눈에 우둔한 놈으로 찍혀 "싹수가 노랗다, 이놈아! 그렇게 둔혀갖고 무슨? 일찌감치 느그 집에 가서 꿍꿍 땅이나 파라!" 하시면 그야말로 낭패가 아닌가.

변소에 가는 것도 참고 꿍꿍대며 씨름을 했다. 여기저기 모르는 한자가 더러 있기는 해도 그닥 많은 것은 아니었다. 그러나 구두점도 없이 붙여쓴 글은 문장의 시작이 어딘지, 어디서 끝나는지 도무지 종잡을 수가 없다. 한문에는 띄어쓰기도 없나?

대충 살펴본 책은 초심자를 위한 훈계인 보조 스님의 계초심학인문(誡初心學人文)과 원효 스님의 발심수행장(發心修行章), 야운 스님의 자경문(自警文), 세 장(章)으로 되어 있다. 제목이야 좀더 큰 글씨로 씌어 있고 줄이 다르니 그런가 보다 하고 짐작할 수 있지만, 그 다음부터는 첫 줄이나마 대충 뜻을 맞춰보려 해도 도저히 갈머리가 서지 않고 내 능력 밖의 일로 보인다. 살그머니 능가 스님께 들고 가서 물어볼까도 했지만 입학 시험에 남의 답을 베껴 쓰는 것 같다는 생각이 들어 그만두기로 했다.

주지 스님 말씀하신 대로 모르는 낱글자나 없게 하면 되지 뭐. 쉽게 생각하자. 내 아무리 둔하기로 설마 쫓아내기야 하실까!

1971년 5월   일

설거지를 마친 뒤 책과 노트를 들고 주지 스님 방으로 갔다. 잔 뜩 주눅이 들어 무릎을 바싹 꿇고 앉았는데 스님께서 내 노트를 가져다 펴보시며 말씀하셨다.

"어디, 한번 읽어봐!"

"부초심지인수원리악우친근현선 수오계십계등선지지범개차 단의금구성언막순용류망설……"

"가만, 가만!" 스님께서 손을 들어 내 요량 없는 글 읽기를 멈추 게 하시고 그러셨다. "시방 그렇게 읽으먼 어터게 혀! 쉴 디 쉬고, 끊을 디 끊어야지. 내가 읽는 것 보고 거그다가 연필로 토 달어라.

부초심지인은 수원리악우하고 친근현선하야 수오계십계등하되 선지지범개차하라. 단의금구성언이언정 막순용류망설이라. 개기 출가하야 참배청중커든 상념유화선순할지언정 부득아만공고니 라……"

처음부터 그렇게 토가 달린 책이었더라면 얼마나 좋았을까? 뭐가 뭔지 조금 감이 잡힐 듯도 했다. 스님께서 초심 전문에 토를 달아 읽어주신 뒤 말씀하셨다.

"그러면 인자 한번 새겨봐!"

참, 스님도 너무하신다. 그렇게 겨우 한 번 읽어주시고 어떻게 뜻을 새기라고. 그 정도 읽는 것만 해도 내 깐에는 상당하다고 생각했는데, 학교에서 한문 시간에 제대로 문법을 배운 것도 아니고…… 어찌되었건 지엄하신 분부에 그나마 더듬거리며 읽어내려갔다.

"처음 발심하여 출가한 사람은 수, 수, 아, 모름지기 수(須)! 모름지기 악우를, 아니, 나쁜 친구를 멀리하고, 선지지범개차하라. 이 말은 모르겠어요. 그리고, 어, 어, 오직 금구(金口), 부처님 말씀을 의지할지언정 어리석은 무리의 망설(妄說)을 따르지 말지니라."

"고만, 고만혀! 알았다. 니가 무슨 서당에 댕긴 것도 아닐 것인디, 중상(中上)은 되겠다. 내가 다시 새길 것잉게 잘 들어."

일단 아주 우둔한 놈이라는 소리는 듣지 않았지만 아홉 등급 가운데 겨우 위에서 네번째 중지상(中之上)밖에 안 된다는 스님의 판정이 너무 짠 것 같기도 하고, 조금 덜 더듬거렸으면 최소한 삼등급 상지하(上之下)는 받을 수도 있었는데 하는 생각이 들어 약간 서운했다.

약 세 시간에 걸쳐 계초심학인문을 직역하여 한 번 새겨주시고, 몇 군데 부언 설명을 하신 뒤 결론지어 말씀하셨다.

"중언부언 사족을 달기는 혔다마는 몇 마디로 요약헐 수 있어. 발심(發心) 출가헌 신참자로 승가의 수행 질서와 전통을 존중허고, 또 이타심을 가지고 자신을 낮추면서 열심히 정진허라는 것이여.

그러고, 첫머리에 언급헌 개차(開遮), 즉 계를 지키되 경우에 따라서는 열고 닫음에 융통성을 부여헐 수도 있다는 것이 사실은 계율을 저 좋을 대로 해석헌다는 것이 아녀. 사람들은 때로 자신이 저지른 일을 불가항력의 인연으로 어쩔 수 없이 그리 됐다거나, 남을 위혀서 헌 짓이라고 둘러붙이기도 헌단 말여. 그런 경우 마지막 잣대가 뭐여? 양심 아니겄어? 하찮은 명예나 이득, 혹은 잠깐의 안락(安樂) 땜에 양심을 저버리는 것은 수행의 근본을 벗어난 것이여. 남의 허물에는 관대하면서도 제 자신에 대해서는 준엄허고 냉정헌 사람이야말로 바른 수행자라고 헐 수 있다 그 말이여. 멀리 볼 것도 없어. 가까이 계신 문수 노스님을 거울로 삼으면 되야.

오늘 읽은 것 내일은 니가 한번 새겨보고, 이어서 원효 스님 발심수행장으로 넘어갈 것잉게, 미리 읽어둬. 다시 말허지만 쥐살난 총기(聰氣)만 믿고 게으름 피우는 사람은 아무것도 못허는 법이여. 내려가봐!"

수도 없이 오른쪽으로 다시 왼쪽으로 비껴앉기도 하고 온갖 요

령을 다 피웠는데도 세 시간 동안 무릎을 꿇고 있었더니 다리는
물론이고 온몸이 저렸다. 잘 펴지지 않는 다리로 엉금엉금 기어서
주지 스님 방문을 나왔었다.

저녁 공양을 준비하면서도 한쪽에 책을 펴두고 오가며 한 구절
씩 읽고 또 읽었다. 내일 배울 발심수행장은 조금 쉬울 것도 같다.
능가 스님이나 법인 스님께 들고 가서 대충 끊어 읽을 자리만 표
시를 해도 한결 수월할 테지만, 어려워도 혼자 해봐야겠다.

1971년 5월   일

열 번도 넘게 읽은 터여서 오늘은 자못 자신감에 차 주지 스님
방에 들어섰다. 자리에 앉자마자 스님께서 어제 설명해준 초심을
다시 새겨보라고 하셨다.

"발심하여 출가한 행자는 모름지기 악우를 멀리하고 현선을 가
까이하여 계를 받아 지키되 열고 닫음을 잘 알아야 하느니라……

쓸데없이 산문 밖을 나서지 않으며, 병든 사람이 있거든 자비로
운 마음으로 살펴 보호하고, 객이 오거든 흔연히 영접하며, 어른
스님을 마주치면 공손히 비켜설지라……

공양 때에 째금거리는 소리를 내지 않고, 들고 놓음에 주의하여
두리번거리지 말며, 음식의 좋고 나쁨에 기껍고 싫어하는 마음을
일으키지 않고 오직 묵묵히 잡념이 일지 않도록 할지라. 음식을
취함이 오직 이 몸뚱이 시들어 마르는 것을 막고 도를 이루기 위

함이니, 마음속으로 반야심경을 염하고 주는 이와 받는 이, 그리고 주고받은 물건이 청정하여야 제대로 취하는 것임을 알지니라……

타인의 좋고 나쁨을 밝히는 것을 삼가고, 문자를 탐하여 구하지 아니하며 과도하게 잠에 빠지지 않고, 어지러이 인연을 짓는 것을 삼갈지니라. 만약 큰스님의 설법을 듣고도 무슨 말인지 몰라 벼랑에 매달린 듯하여 뒤로 물러설 마음을 내거나 어설픈 짐작으로 헤아려 쉽다는 생각으로 흘려들으면 반드시 거짓이 생기느니, 언설(言說) 뒤에 숨은 것을 제대로 보지 못하고 겨우 말꼬리를 붙잡게 되느니라. 경에 이르기를 뱀은 물을 마셔 독을 만들고 소는 물을 마셔 우유를 만들듯이 지혜로운 수행은 보리(菩提)를 이루고 어리석은 수행은 윤회를 잇는다는 것이 이를 이름이니라……

부지런히 갈고 닦으면 관력(觀力)이 점차 깊어지고 행문(行門) 또한 맑아지리라. 실로 어렵게 만난 부처님 법이라 생각하면 도업은 늘 새로워지고, 부처님 가르침을 만난 것이 크나큰 다행이라는 마음을 늘 지키면 결코 뒤로 물러서지 않으리니. 이렇게 오래 닦고 닦으면 선정과 지혜 두루 밝아 견성(見性)하고 자비와 지혜로 중생을 제도하여 이 세상과 내생의 큰 복밭(福田)을 이룰지니 부지런히 닦고 닦으라."

중간에 몇 번 더듬거리기는 했지만 그래도 딴에는 자랑스러워서 칭찬을 기대하며 이마에 맺힌 땀방울을 훔치는데 주지 스님께서 그러셨다.

"그려, 어제보다는 쪼께 낫다마는 내가 새긴 그대로 외워서 앵무새맹이로 종알종알 읽으믄 그게 무신 공부냐? 뭘 배운다는 것이 당초 남 흉내를 내는 것이기는 혀도 인제 그 나이가 되었으면 너는 니식으로 풀어낼라고 혀봐야지. 둔헌 놈은 말(斗)로 주어도 되(升)로 받고, 재주 있는 놈은 되 글을 배워도 말 글로 푸는 것이여. 그런디, 내가 아무리 되로 주었기로서니 너조차 겨우 되 글로밖에 못 푸냐? 가마니로 담지는 못혀도 말에는 채워야지!"

주지 스님은 통 칭찬할 줄을 모르신다.

오늘은 원효 스님의 발심수행장에 토를 붙여 읽고 아주 상세히 새겨주셨다. 글을 읽으시는 스님의 목소리가 갑자기 젊어진 듯도 했다. 당신의 젊은 시절을 생각하신 것인지도 모른다. 이따금 격앙된 감정을 누르기라도 하시는 듯 잠시 멈추시는 스님의 말간 눈에 언뜻 안개가 서리는 것 같았다. 아마도 오래 전 처음 이 글을 읽었을 때의 감동이 되살아난 것이리라.

글이 너무 좋아 무릎이 아픈 줄도 모르고 지나갔다. 후원에 내려와서 거듭 읽는다. 아예 외워버려야지!

"높은 산 봉우리 지혜로운 이 머무를 곳이요, 푸른 솔 깊은 골 수행자의 거처라. 나무 열매로 주린 배 달래고 시냇물로 갈애(渴愛)를 식히노라.

맛난 것으로 봉양해도 이 몸 부서질 것이요, 부드러운 옷으로 감싸도 목숨은 끝이 있는 것. 메아리 울리는 바위굴로 염불당 삼으니 애처롭게 울고 가는 기러기 기꺼운 벗이어라.

절하는 무릎 얼음이 되어도 따뜻한 불을 그리지 않으며 주린 배 끊어질 듯해도 먹을 것을 구하지 않노라.

문득 백 년인데 어찌 배우지 않고, 일생이 얼만데 헛되이 방일하리요. 마음속에 애착을 끊어낸 사람이 사문이요, 세속을 그리워하지 않음이 곧 출가라.

수행자가 비단옷을 걸치는 것은 마치 개가 코끼리 가죽을 쓰는 것이요, 도 닦는 사람이 사모의 정을 품는 것은 고슴도치 쥐구멍에 들어가는 것과 같아라……"

1971년 6월　일

어제와 같은 식으로 전날 배운 발심수행장을 새겨 바쳤다. 내용이 너무 좋아 수도 없이 읽은 덕분에 막힌 데 없이 술술 풀렸다. 읽어가는 도중에 중지시키거나 가타부타 아무 말씀도 하지 않으신 것만으로 주지 스님의 칭찬을 받은 셈이다. 묵묵히 끝까지 들으신 주지 스님께서 말씀하셨다.

"그려, 거지반 이해헌 것으로 치고 몇 마디만 다시 허자. 우선, 서두에 원효 스님이 뭐라고 혔어? 지난 세상의 여러 부처님들이 성불허신 것은 여러 겁(劫)에 걸쳐 탐욕을 버리고 고행 수도를 허신 까닭이요, 중생들이 윤회를 거듭허는 것은 탐욕을 버리지 못헌 탓이라고 혔지? 그 다음에 바로 그렇게 세속적인 탐욕을 버리고 견성 성불허겄다고 발심 출가헌 사람이 어떻게 살 것인지를 밝혀 놓았어. 어떻게 허라고 혔어? 계행을 청정히 허고, 부지런히 갈고 닦으라는 딱 두 마디여!

거그, 그 대목 다시 한번 봐라. 아, 다음 장 첫째 줄 말이여! '세상의 번거로움을 버리고 보살의 성스러운 지위에 오르려거든 계율로 사다리를 삼을지니라. 파계허고 남에게 복을 주겠다는 것은 날개 부러진 새가 거북이를 업고 하늘에 날아오르려는 것과 같으니, 제 죄를 벗지 못허면 남의 죄를 면케 할 수 없느니라' 고 혔지? 다시 몇 줄 더 가서, 거그 봐라. '탐심을 품는 것은 도 닦는 자의 수치요, 출가자가 부를 구함은 실로 가소로운 일이라' 고 안 혔어?

원효 스님께서 부드럽게 타이르셨어도 실은 서슬이 퍼런 소리여. 남의 공덕에는 인색허고 제 허물에는 관대헌 것이 중생이기는 허지만 산중에 들어앉아 무위도식허면서 제 앞 감장도 못허는 주제에 중생 구제라니? 제 앞도 못 보는 당달봉사가 누구를 어디로 끌고 간다는 거여? 거기다 우리가 먹는 것, 쓰는 것이 다 남들이 흘린 피와 눈물이 맺힌 거라는 생각을 잊고는 중생 구제니 대승(大乘)이니 허는 소리가 모두 속 빈 염불이고 입으로 허는 참선이라 그 말이여. 도둑은 밤이슬이라도 맞고 깐에는 일을 헌 거여. 또 도를 못 닦으면 부끄러운 줄이나 알아야지! 제 코도 못 훔침서 남에 눈꼽 걱정헐 일이여?

오늘은 고만 허자. 지금까지 읽은 것 다시 잘 새겨두고, 내일부터 배울 자경문도 미리 한번 읽어둬."

세상의 모든 덜떨어진 가짜 대승 보살들을 대신해서 주지 스님의 호된 비판을 들었다. 나야 심각하게 그런 보살의 꿈을 꾸어볼 위인도 못 되고, 또 오지랖이 그리 넓은 것도 아니지만 스님 말씀을 끝내 잊지 말아야지 결심한다. 설령 보살도를 행한다고 하더라도 스스로 대승 혹은 보살이라고 내세운다면 진정한 보살이나 대승이 아닐 터이다.

책거리

1971년 6월   일

오늘, 시작한 지 닷새만에 초발심 자경문 강독이 끝났다. 마지막 장인 자경문은 양이 좀더 많기도 하지만 주지 스님께서 간간이 생소한 용어나 경전 인용 구절이 나올 때마다 상세히 설명하시느라 시간이 더 걸렸다. 자경문은 스스로 거울 삼아 새기고 비춰봐야 할 열 가지 항목으로 되어 있고, 각 항목 말미에 게송 하나로 요약해두었는데, 그중에서도 '부드러운 옷과 맛난 음식을 취하지 않는다'는 첫 항목에 나오는 게송이 제일 멋지다.

풀뿌리 나무 열매로 주린 배 달래고
삿갓 하나 베옷으로 몸을 가리네
나는 두루미 푸른 구름 벗 삼아
높은 산 깊은 골에 살아가리라!

그리고 이 게송 앞에 나오는 '농부는 농사를 짓고도 춥고 배고
픈 고통을 겪고, 베 짜는 여인도 제 몸 넉넉히 가리지 못하거늘,
손놓고 앉아 있으면서 내 어찌 춥고 배고픈 것을 꺼리리요!' 하는
옛 큰스님의 청빈과 고행 정신에 섬뜩한 비수를 보는 것 같다. 또
'실상은 언설을 여의었고 진리는 움직이지 않는다. 입이 곧 화를
부르는 문이니 단단히 지켜 막고, 몸뚱이 재앙의 근본이니 가벼이
움직이지 마라. 자주 나는 새 그물에 걸리고, 가볍게 뛰는 짐승 화
살을 맞느니라' 는 대목도 좋다. 훌륭한 도반을 가까이하라는 항
목에는 '소나무 숲에 칡덩굴은 천 길을 오르고, 띠풀 속에 나무는
석 자를 넘기지 못한다' 는 비유 또한 멋지다.

설명을 모두 마치신 주지 스님께서 그러셨다.
"메칠이나 걸렸어? 어? 닷새? 그려, 닷새만에 초심 읽었으면
너무 오래 걸리기는 했다마는, 어쨌거나 책 한 권 읽었응게 책거
리가 있어야 헐 것인디. 허다 못혀 쓴 외꼭지라도 하나 없냐?"
나는 얼른 후원으로 내려와 작은 쟁반에 토마토 세 개를 담아들
고 가서 스님 앞에 내려놓았다. 스님께서 나를 물끄러미 바라보시
며 말씀하셨다.
"아, 이게 니 것이냐, 사중 공동 물건이지? 니 것을 주어야지!"

어디 뒤져보아도 내 것이라고는 없는 것을! 나는 한 발 뒤로 물

러나 두 손을 가지런히 모아 합장하고 엎드려 삼배를 드렸다. 무릎을 꿇고 앉은 나에게 스님이 다시 그러셨다.

"그려, 책거리 잘 받었다. 그런디, 니가 준 방금 그 책거리는 내가 받은 것이 아니고 사실은 니가 받은 것이라고 알어야 혀. 늘 새기고 또 스스로 되물음서 살겄다는 다짐이라고 생각허라 그 말이여!"

걸레 중

 십 리 길을 걸어 시골 장에 갔다. 무 한 단, 호배추 다섯 포기, 두부 세 모를 샀다. 오전에 두 번 오후에 두 번 들어오는 버스를 기다리느라 길가에 서 있었다. 학교에서 돌아가는 꼬맹이들 대여섯이 후줄근한 누더기 승복에 박박 밀어놓은 내 머리를 바라보고는 저희들끼리 무어라고 수군대더니 공연히 제풀에 놀라 달리기 시작했다. 제깐에 안전한 거리라고 생각되는 곳에 멈춰선 꼬맹이들이 내 쪽을 향해 합창했다.

 중 중 까까중 모시밭에 걸레 중
 중 중 때깨중 칠월에 번개 중

절에 돌아와서 능가 스님께 그게 무슨 소리냐고 물었다. 스님께서 그러셨다.

"아, 니가 입고 있는 그 승복이 걸레 아녀? 꼭 모시밭에 버려진 걸레 같다는 소리겄지. 허허허!"

당신이 생각해도 그 모습이 우스꽝스러웠던지 소리나게 웃으시고 계속했다.

"그러고 생각혀봐. 칠월 장마에 보리 탁발 나간 중 걸음이 좀 빠르겄냐? 그려서 번개 중이지. 저만치서 쏘낙비는 몰아오고, 천둥은 우르릉우르릉 울리지, 아, 축지법허는 도사가 별거 아녀. 발이 땅에 닿지 않게 뛰면 축지법이지. 왜? 아그덜이 그렇게 조께 서운허데?"

"아니 그냥 그대론디요, 머. 그려도 저 같으면 차라리 비 맞고 말지 바랑 지고 뛰지는 않겄네요."

능가 스님이 그러셨다.

"니 신세 니가 알어서 허겄지만, 비 맞은 걸레 중밖에 더 되겄냐!"

1971년 6월   일

오후 선방 뒷마루에서 문수 노스님 바랑과 누더기를 깁고 있는 나를 물끄러미 바라보시더니 능가 스님께서 말씀하셨다.

"지금이사 누가 그런 바랑 지고 보리 탁발을 나간다는 소리는 못 들었다마는 불과 얼마 전까지만 해도 온 산중이 다들 그렇게

탁발에 의존했었지. 요샛날 산중에 있는 절뿐만 아니라 세상 모두
가 사는 게 조께 낮어지기는 혔지만 다른 쪽에서 보면 오히려 퇴
보허고 있다는 생각이 들어. 춥고 배고프면 도 닦을 마음이 일어
난다는 말이 있는디, 그 말을 달리 풀면 물질적으로 좀 낮어지면
서 마음 다스리는 일에 소홀해지기 쉽다는 거여. 경전에 이런 이
야기가 있어.

　부처님의 가르침에 따라 수행하는 무리들이 늘어나고 또 스님
들의 수행이 깊어가는 것에 불안해진 마구니들이 생각혔지. 먹을
게 없으면 승가가 힘을 잃을 거라고. 혀서 마구니들이 마을 사람
들 마음속에 들어가 꼬드겼어. 내일부터는 탁발 나온 스님들에게
아무것도 주지 말라고.
　다음날부터 당장 온 승가가 배가 고프게 되었지. 탁발을 나가도
마을 사람들이 본 체 만 체 허는 거여. 그것도 모자라 온갖 모욕을
주기도 허고. 그런데 요상헌 것은 마구니들이 생각헌 정반대 결과
가 나타났어. 승가가 쇠락허기는커녕 오히려 수행은 깊어가고 융
성해진단 말이여!
　요리조리 궁리를 헌 마구니들이 작전을 바꾸었지. 다시 마을 사
람들을 부추겨 이제부터는 극진히 대접허고 펑펑 퍼주라고 꼬드
긴 거여. 마구니들의 작전이 적중혀버렸어. 물질적인 풍요가 결국
에는 수행을 방해허고, 교단의 힘을 살살 갉아내면서 망조(亡兆)
가 들기 시작헌 거지.

극진허고 융숭헌 대접은 우리 같은 보통 중생들을 교만에 빠뜨리고 아상(我相)을 키우게 헐 수도 있다는 것을 잊으면 안 되야. 출가 수행자를 운수납자(雲水衲子)라고 허는디, 그게 무슨 소리간디? 누더기를 걸치고 구름처럼 시냇물처럼 걸림 없이 떠도는 부처님 제자라는 뜻 아니겄어? 납의(衲衣), 즉 누더기라는 것은 당초 분소의(糞掃衣)라고 불렀지. 말 그대로 허면은 똥 닦은 옷이지만 이 말은 범어(梵語) 빵슈쿨라(pāṁśukūla)의 한문 번역으로 먼지에 덮인 헝겊, 더 정확히 말허면 시체를 싸서 버린 헝겊을 줏어다가 만든 법복이라는 뜻이여.

궁핍허던 시대의 일이기도 허지만 거기에는 여러 가지 상징적인 뜻이 있다고 봐야 혀. 우선 송장을 싸서 버린 헝겊으로 덮은 이 몸 또한 송장과 다를 바 없다는 뜻일 수도 있지. 이미 죽어 없어진 시체한티 명예나 소유가 무슨 뜻이 있겄는가?

그런디 말이여, 인간이란 참 묘한 것이어서 이렇게 송장과 다름없는 몸뚱이를 놀리는데 전혀 다른 마음가짐, 그리고 다른 결과를 만들어내기도 허지. 말허자면, 어떤 사람은 이미 죽은 목숨인데 그저 마음 내키는 대로, 멋대로 휘젓어버린들 어쩌랴 생각허는가 허면, 어떤 사람은 이미 죽은 목숨이니 이제는 참으로 바른 것, 참으로 옳은 것을 찾아서 실천하겠다고 결의를 다지기도 헌다는 것이여.

앞으로 어떤 중이 될 것인지는 모두 니 생각에 달렸고, 또 전적으로 니가 책임질 문제지만 니가 시방 입고 있는 그 누더기, 그리고 걸레 중의 참뜻을 잊지 않는 것만으로도 나쁜 중이 되지는 않을 것이다……

　아하, 걸레 중, 운수납자! 그것 말고 무얼 더 바라겠냐? 대서지 보살, 대서지 보살!"

용택이

1971년 7월   일

장에서 오는 길에 부목 처사, 용택이 아저씨에게 줄 됫병 소주도 한 병 샀다. 진즉 오십이 넘어 보이는데 아무나 그냥 용택이라고 부른다. 아무리 오갈 데 없어 절간에서 불목하니로 산다고 사람들이 업신여기는 것 같아 내 속이 아프다.

그는 말수가 적다. 평소에는 묻는 말에 거의 대답도 하지 않고 고개만 갸우뚱 비틀어 멀거니 바라볼 뿐이다. 산에서 나무를 한 짐 지고 내려왔을 때 새참으로 소주를 두어 잔 거푸 마시고 나면 금세 얼굴에 화기가 돈다. 기회다 싶어 "처사님! 장가 가봤어요?" 하고 물으면 그는 "으흐흐!" 웃는다. 두꺼비가 웃는다면 그런 소리가 날까? 하지만 왠지 그 웃음소리가 좋다. 그래서 "처사님, 장가 가봤냥게요?" 하고 거듭 물으면 그가 말한다.

"으흐흐! 나는 생전 웃을 종 몰르는 사람이여, 으흐흐!"

웃으면서도 웃을 줄 모른다는 게 무얼까?
그 웃음이 울음이라도 된다는 소릴까?
나는 왠지 그 동문서답이 좋다.

눈물 화두

1971년 7월　일

후원에서 요양중이던 전주 보살님이 오늘 새벽 숨을 거두었다. 어릴 때 악극단 벽보에서 본 배우 얼굴처럼 고운 전주 보살님이 나를 퍽 이뻐했었다. 후원 한쪽의 후박나무 아래서 해바라기를 하고 있다가 지나가는 나를 세워놓고 "유행자님 좋은 스님 돼야 해요." 간곡히 이르기도 하고, 방문 앞으로 지나치는 나를 불러 팥알과 밤 조각이 들어 있는 양갱을 쥐여주며 "어머니 안 보고 싶어요?" 하고 묻기도 했었다.

장례 준비로 어수선한 후원에서 나와 법당 뒤 축대 끝에 앉아 시들어가는 수국꽃을 마냥 바라보았다. 어디선가 읽었던 게송을 외고 또 외었다.

　새떼 한 숲에 깃들더니

날 새자 뿔뿔이 흩어져 날아가네
우리네 사는 것도 마찬가진 걸
눈물로 옷깃을 적실까 보냐

衆鳥同林宿 天明各自飛
人生亦如此 何必淚沾衣

외우는 게송 내용과는 달리 외우면 외울수록 눈물이 났다. 만
났다 헤어지고 헤어졌다가도 다시 만나는 것이라고는 하지만 불
과 몇 시간 전에 이런저런 이야기를 나눴던 어머니 같은 보살님
이 이제 알 수 없는 먼 곳으로 가버렸다는 것을 어떻게 이해해야
할지 난감했다. 언제 오셨는지 옆에 서 계신 문수 노스님께서 말
씀하셨다.

"수행에 맘을 둔 행자라면 모름지기 이런 일이 나를 돌아보는
계기가 되도록 해야 되는 것이여. '슬퍼허고 때로는 기뻐허는 그
놈이 무언고?' 참구(參究)해야 된다 그 말이여.

또 슬퍼헌다는 것이 뭐여? 이 세상을 떠난 사람이 안쓰럽고 걱
정이 되어서 그런가? 물론 전혀 그렇지 않다고는 헐 수 없지. 허
지만 참으로 걱정이 되는 것은 나 자신이지. 중생은 종종 제 근심
을 다른 사람에 대한 연민으로 착각허기 십상이여. 사실은 떠난
사람이 아니라 나 자신을 더 염려허고 있다는 것을 알어야 돼.

굳이 그게 아니라면 정(情) 때문이겠지. 수행자가 피도 눈물도

없는 목석이 되어서는 안 되지만 하찮은 정에 끄달려서 눈물을 보이는 것도 또한 우습지. 도 닦는 사람은 속으로 속으로 우는 거여. 지금부터 잘 살피고 참구혀봐. 이렇게 우는 이놈이 무언고?"

문수 노스님께서 이렇게 '이 무엇고?' 화두를 내게 내리셨다. 냇물에 나가 얼굴을 닦고 후원으로 돌아왔다. 시신이 누워 있는 방에 들어가 무상계(無常戒)를 외웠다.

"언젠가 이 대천세계도 불타고 수미산과 큰 바다도 없어질 것을, 어찌 하면 이 작은 몸뚱이 생로병사와 슬픔과 고뇌로부터 벗어날 수 있을 것인가? 지수화풍(地水火風) 사대(四大)의 인연 화합으로 이루어진 몸, 이제 부서져 뿔뿔이 흩어지면 그대 어디에 있는가?"

안 흘리겠다던 눈물을 다시 훔치고 나오며 생각했다. '누군가의 왕생극락을 비는 이놈이 무엇인가?'

노래하는 산토끼

1971년 7월   일

어젯밤 늦게 전주 보살님 시다림(尸茶林)을 왔던 동명 스님이 아침 나절에 다시 왔었다. 시다림은 죽은 사람에게 하는 법문이다. 동명 스님은 지장암에서 해안 큰스님을 시봉하면서 정진하고 있다. 나이야 나보다 겨우 두 살 위지만 의젓한 몸가짐이나 위의(威儀)로만 보아도 몇 생을 더 닦았음에 분명하다. 방금 삭발한 파르스름한 머리며 깔끔한 장삼, 단정하게 수한 오조 가사에 위엄이 배어 있다. 거기다 동명 스님의 독경 소리는 이 산중의 누구도 흉내내지 못하게 청아하다. 뜻도 모르고 그저 읽을 뿐인 내 독송과는 달리 동명 스님의 맑게 울리면서도 때로는 간절하게 호소하는 듯한 금강경 독송은 경전을 이해하지 못하고는 나올 수 없는 소리다. 몇 년 뒤에는 나도 동명 스님처럼 될 수 있을까? 왠지 모르지만 그러지 못할 것 같다.

오늘 전주 보살님 장례가 모두 끝났다.

밤부터 주지 스님 책장에 꽂힌 해안 큰스님 금강경 강의를 가져다 읽기 시작했다. 우선 동명 스님의 독송이 마음속에 새겨놓은 인상 때문에 시작한 것이지만 해안 스님의 경전 해설을 읽으면서 문수 노스님의 법문과는 또다른 향기로 가슴이 온통 저릿했다. 문수 노스님이 깊은 골짜기의 야생 난초라면 해안 스님은 정원에 핀 화려한 목련 같다. 문수 노스님이 단칸 초막이라면 해안 스님은 장엄한 누각이다. 그러나 해안 스님의 평소 법문에 비춰보면 춘란은 춘란이어서 좋고, 목련은 목련이어서 좋다. 초막은 초막이어서 좋고, 누각은 또 누각이어서 좋은 것이다.

밤늦게 화장실에 다녀오는데 저쪽 어딘가에 전주 보살님이 서 있는 것 같기도 하고 나를 부르는 듯도 해서 갑자기 무서워졌다. 방에 들어와서 무서워하는 이놈은 또 무엇인가? 하고 마음을 돌리려 해도 소용이 없다. 이불을 푹 뒤집어쓰고 누워야겠다.

1971년 7월　일

새벽 예불 시간이 되어 도량석을 시작해야 되는데도 무서워서 문 밖으로 나갈 수가 없었다. 빠꼼히 열어본 바깥이 칠흑같이 어두웠다. 바로 옆에서 자고 있는 인수와 명식이를 흔들어도 꿈쩍도 않는다. 어찌할 바를 몰라 안절부절못하고 있는데 법당 쪽에서 또 도도도 똑 똑…… 목탁 울리는 소리가 들리더니 현오 스님 반야심경이 시작되었다. 고마우셔라, 심경 박사님! 세수도 않고 한껏 꾸물거리다 밖에서 사람들 오가는 소리가 분주해졌을 때사 법당에 들어갔었다.

아침 나절에 능가 스님께 어제 밤과 오늘 새벽 일을 말씀드렸다. 능가 스님은 아무 일도 아니라는 듯 가볍게 그러셨다.

"그려? 거 다 전주 보살님이 정 뗄라고 그러는 거시여! 요새 무슨 책 읽는고?"

"어제 밤부터 해안 스님 금강경 강의 읽고 있어요."

"그러면 되았다. 그냥 크게 소리 내서 막 읽고 또 읽고 혀. 그게 무슨 무섬 쫓는 주문이 아니고, 영가를 천도시키는 법문이 되는 거시여. 그런다고 또 그 생각을 앞세워서도 안 돼야. 아, 거그 금강경에 무주상보시(無住相布施)라고 써 있지 않더냐? 멀 준다는 생각을 내면 참으로 주는 게 아니라는 소리여! 그저 경문의 깊은 뜻을 새기고 익히는 데 온 정신을 쏟으면 되야, 알어 몰라? 이런, 호랭이, 다 자라 지 발로 출가헌 놈이 그깟 일로 무섭기는, 대서지 보살!"

아무리 나이를 먹어도 무서운 건 무서운 거지, 참, 능가 스님도! 그건 그렇고 보살님도 이상하시지, 왜 좋은 것도 많은데 하필 무섬을 줄까?

오후에는 책을 든 채 산등성이 여기저기를 돌아다니다 벼랑 끝에 서서 지장암을 내려다보았다. 지장암에서는 이번 하안거 결제 동안 십여 명의 스님들이 해안 큰스님을 모시고 좌선 정진하고 있다. 그 시간에 경전을 낭송할 리도 없는데 동명 스님 청아한 독경 소리가 들려오는 것 같았다.

1971년 7월   일

주지 스님 심부름으로 지장암에 갔다. 점심 공양 후 포행 시간이었는데 동명 스님은 해안 스님 약을 달이고 있었다. 동명 스님이 소근소근 말했었다.

"인자 몇 첩 안 남았응게, 큰스님 이거 다 잡숫고 우리 산에 가까? 낼, 모리, 글피…… 앞으로 딱 닷새 있으먼 되겄다. 그날이 삭발일잉게, 오후 정진(精進) 없거등."

벌써부터 발뒤꿈치에 날개가 돋아나는 것 같다. 마음은 이미 날랜 노루가 되어 비탈을 달리기도 하고, 높은 벼랑 끝에도 올라가고 있다. 내가 점찍어둔 춘란이랑 없어진 옛날 암자 자리에 남아 있는 보리수나무도 알려줘야지.

1971년 8월   일

기다리고 기다린 날이다. 점심 공양이 끝나자마자 내려가 전나무 숲에서 동명 스님을 기다렸다. 동명 스님이 대나무밭을 돌아 살짝 지장암을 빠져나왔다. 어제 내린 비로 불어난 냇물을 건너기도 하고 산등성이를 몇 차례 오르내리며 관음봉 꼭대기에 올라갔다. 서남쪽으로 멀리 칠산 앞바다가 보이고 북쪽, 동쪽으로는 바위산들이 끝없이 늘어서 있다. 산꼭대기로 불어오는 해풍은 우리들 머릿속의 경전 구절도, 길들지 않은 화두도, 사미십계(沙彌十戒)조차도 모두 푸른 하늘로 날려버렸다. 형을 따라 산에 올라간 중학생이 된 듯한 기분이었다. 우리는 덫에서 풀려난 산토끼처럼 깡충거리며 산꼭대기 바위 위에 기어올라 옆 바위로 훌쩍 내리기도 하고, 우리 몸뚱이 크기만한 돌을 벼랑 아래로 굴려내리며 소리질렀다.

"큰스니임, 돌 굴러가유우우!"

천지개벽이 일어난 듯한 소리로 떨어진 돌덩이가 화약 냄새를 풍기며 바위에 부딪쳐 튕겨 올랐다가 다시 아래로 아래로 굴러내려간다. 얼마를 그렇게 설치다가 멀리 바다에 떠 있는 돛단배들을 내려다보며 노래를 불렀다.

어제 온 고깃배가 고향으로 간다 하기
소식을 전차하고 갯가로 나갔더니
그 배는 멀리 떠나고 물만 출렁거리오

고개를 수그리니 모래 씻는 물결이요

배 뜬 곳 바라보니 구름만 뭉게뭉게
때 묻은 소매를 보니 고향 더욱 그립소

바위에 기대어 아래 절 쪽을 내려다보던 동명 스님이 노래는 이렇게 불러야 된다고 알려주기라도 하려는 것처럼 유장하게 한 곡조 뽑기 시작했다. "정답던 얘기 가슴에 가득하고……" 하는 〈제비〉였다. 염불 가락이 노래 속에 배어들어가기는 했지만 노래 솜씨가 일품이다. 우리는 얼마 동안을 그렇게 〈동무 생각〉〈사월의 노래〉〈돌아오라 소렌토로〉〈선구자〉도 불렀다. 가사 내용과는 관계 없이 그냥 산토끼들의 자유 노래였다. 산을 내려오면서 "있다 가요, 언지 직소폭포 아래 봉래구곡에 가보까요, 스님?" 하는 내 제안에 동명 스님이 그랬다.

"으, 지금은 안거 중잉게 안 되고 해제(解制)허먼 가. 그때 가면 은 아까 그 노래, 있잖여, 봄에 교향악이 허는 거, 그거 삼절까지 다 알려줘잉."

내가 제일 좋아하는 노랜데 동명 스님도 그게 좋은가 보다.

사십구재

1971년 8월　일

아랫마을 홍식 처사 사십구재를 지냈다.

칠십이 넘은 노모 혼자 달랑 남겨두고 훌쩍 가버렸다. 오십이 다 되어서까지 제대로 결혼도 못 했다고 했다. 어찌어찌해서 데려온 먼 동네 과부, 혹은 지나가던 황아 장수가 하루 이틀 머물고는 "재수 없는 년은 봉놋방에서 자도 어쩐다더니……" 구시렁거리며 떠난다나.

그렇게 간 아들이 영 안쓰럽기도 하겠지만 이젠 그나마 의지가지없이 홀로 된 자신의 처지가 서러워선지 노파는 마냥 울었다. 노스님의 염불조차 할머니의 눈물 바다에 둥둥 떠다니는 것 같았다. 함께 온 동네 할머니들도 치맛자락으로 눈물을 훔쳤었다.

법당 밖으로 나와 망자의 옷가지를 소대(燒臺)에 걸쳐놓고 불을 붙였다. 어둔 하늘로 푸석푸석 솟구치는 불꽃, 허공으로 날아오르는 재를 바라보며 흐느끼던 노파가 외쳤다.

  아가아—!
  잘 가라잉!
  후생에는 이쁜 각시도 얻고,
  자식 새끼덜도 낳고 살어.
  잘 가라잉,
  아가, 잘 가아!

 소쩍새도 나처럼 잠들지 못하고 마냥 울었다. "소쩍, 솟쩍다, 소쩍!"
 돌아누우며 얼핏 그런 생각을 했다. 공연히 성가시기만 한 내 그것 홍식이 아저씨한테나 떼어줄 수 있었더라면.

탁자 밑 말석에 앉다

1971년 8월   일

진즉부터 그러고 싶었지만 "애송이 행자가 주제넘게!" 하고 나무라지나 않으실까 해서 머뭇거리다 오늘 점심 공양 끝에 주지 스님께 말씀드렸다. 스님께서 그러셨다.

"중이 참선허겠다는 말이 그렇게 어렵데? 그려, 정진(精進)도 도반들 훈김 속으서 익는 것잉게. 우선 지장암에 가서 해안 큰스님한티 허락을 받어야지. 사중에 다른 일이 있을 수도 있응게, 종일 거기서 있을 수는 없을 테고, 오후 시간에만 가도록 혀. 해제도 며칠 안 남었는디, 공연히 대중들 번거롭게 허고 눈 밖에 나면 안 되야!"

그 길로 지장암에 가서 해안 스님을 뵈었다. 큰스님께서 시심마(是甚摩) 화두를 일러주셨다.

"아무개야! 허고 부르면 예! 대답허는 그놈이 무엇인고? 노래 부르고, 싸우고, 베풀기도 하고, 때로는 욕심내고 시새우는 그놈은 또 무엇인고? 이것을 나라고 해도 나가 아니요, 내가 아닌 것도 또 아니야. 밝기로는 해보다 밝고 어둡기로는 시꺼먼 먹통이지. 둥글기로는 보름달이요, 모가 나기로는 바늘 끝보다 뾰쪽해. 시방 눈을 말똥말똥 뜨고 내 입을 쳐다보는 그놈이 무엇인고?"

동명 스님이 선방 탁자 밑에 내 자리를 만들어주었다. 가운데 문을 열고 바로 들어서는 자리가 제일 윗자리고 거기서 마주 보이는 탁자 밑이 가장 하위 말석이다. 어떤 자리가 되었건 아직 사미계도 받지 않은 나를 그 방에 들여준 것만으로도 황송할 뿐이다.

어릴 때 할머니가 그러셨다.

"목탁 소리는 서방정토까지 못 간단다. 선방 죽비 소리나 지옥서 극락까지 두루 닿는 거래야!"

젊어서부터 할머니를 따라 절에 다니셨지만 선방에 들어가볼 기회가 없었던 어머니도 큰절에 가시면 살그머니 다가가 선방 마루를 쓰다듬고 오신다고 했었다. 할머니나 어머니께서 문턱이라도 밟아봤으면 하시던 선방에 내가 들어온 것이다. 큰스님께서 일러주신 화두도 다 잊고 한나절 내내 드디어 선방에 앉았다는 기쁨으로 가슴이 뻐근했다.

1971년 8월   일

오늘로 사흘째다. 제대로 화두에 집중할 수 없는 것은 말할 것
도 없고 오십 분이 그렇게 길 수가 없다. 오십 분 앉아 있고 십 분
간 방 안을 뱅뱅 돌며 다리를 푸는데, 반 시간만 지나면 다리에 쥐
가 나면서 자꾸만 벽시계 쪽으로 눈이 간다. 또 잠깐 '이 무엇
고?' 화두를 챙긴다 싶으면 어느새 마음은 십만 팔천 리 엉뚱한
곳을 헤매고 있었다.

구름을 타고 하늘을 나는 손오공이 되었다가, 먼 바다 거친 파
도 위에 떠 있는 작은 나무토막이 되기도 한다. 열 살짜리 꼬마로
되돌아가 꾀를 홀랑 벗고 동네 연 방죽에 들어가 풍덩거린다. 연
잎을 삿갓처럼 쓰고 한 손에는 연꽃을 든 채 왕잠자리를 쫓아 방
죽 두덕을 내달리다 넘어져 넉장거리도 한다. 하다 못해 순이랑
함께 앉아 있던 찔레꽃 피는 봄 언덕, 중간치기를 하다가 머슴 김
생원에게 들켜 그날 밤 할아버지에게 뽕나무 가지로 매를 맞은 일
까지도 떠오른다. 아득히 오랜 일들이 그렇게 생생할 수가 없다.
언제까지 이렇게 망상 속을 헤매야 하는지 모르겠다. 문수 노스님
께 여쭤보고 싶어도 쑥스러워 말도 꺼내지 못했다.

1971년 9월   일

다리가 아픈 것도 조금은 견딜 만하고 어떤 때는 바로 코앞에서
벽시계가 울린 것을 모르고 지나갈 때도 있었다. 하지만 모르긴

해도 아마 그 시간에 진짜 화두에 몰두한 것은 아닌 것 같다.

물방개처럼 이리저리 헤맨 것은 어저께나 똑같지만 오늘은 정말로 한심한 망상을 피웠다. 내가 이렇게 앉아 있다가 펑! 튀밥 튀는 소리를 내며 도가 터져버리면 세상이 너무 심심하지 않을까? 대중들이 내 앞에 무릎을 꿇고 "견성하신 유행자님 법상에 오르셔서 우둔한 우리를 위해 법을 설하소서!" 하고 청하면 뭐라고 하지? 아이 참! 쑥스럽게, 법문은 무슨. 그냥 주먹으로 법상을 한 번 탕! 치고 내려오면 될까?

바로 앞쪽에 마주 앉으신 해안 큰스님께서 '너 이놈, 시방 무슨 망상을 피우는지 내 다 안다!' 는 눈빛으로 나를 물끄러미 쳐다보셨다. 어메, 뜨거라! 나는 얼른 저만큼 비껴앉은 화두를 잡아 허리춤에 꽉 붙들어 묶었다.

"이 무엇고?"

화두야, 너야말로 세상에 가장 멋대로 날뛰는 방랑자다. 제발 좀 달아나지 마라, 이 형편없는 떠돌아!

1971년 9월   일

오늘은 하안거 해제 날이다. 무슨 뜻인지 알 길이 없지만 해제 법문을 설하시는 큰스님 모습이 참으로 멋졌다. 근엄하시면서도 낭랑한 음성도 그렇지만 주장자를 치켜세워드신 손이 온 세상을 한 손에 휘어잡으신 것 같았다. 산정에 오른 사자가 아래를 내려다보듯 대중을 죽 한 번 둘러보신 큰스님께서 그러셨다.

"산승(山僧)이 묻노라.

대중은 어느 곳에서 산승을 보았는고?

여기 앉은 것이 산승이라면 올라오기 전에 산승은 어디 있었는고? 산승은 일찍이 이 자리에 올라온 일이 없거니 어느 곳에서 산승을 보았는고?

고인이 이르기를 흙덩이를 던지면 개는 흙덩이를 쫓아가고 사자는 흙덩이 던진 사람을 문다고 하였거늘, 지혜 있는 사자가 될지언정 어리석은 개가 되지 말지어다.

해제일이라 하니 해제는 결제가 있었기 때문이요, 결제는 해제를 위한 것이라. 결제란 구속, 속박을 뜻하며 해제는 자유와 해방, 걸림 없음을 뜻하느니라. 대 자유는 대 속박이 있은 연후에 오는 것이니, 이 말은 곧 크게 의심하고서야 크게 깨달을 수 있다는 말이다. 그렇다면 대중은 지난 석 달 동안 걸림 없는 해탈을 얻어 대 자유인이 될 만큼 단단히 묶었던가? 결박은 의심 하나로 단단히 묶는 것이요, 의심은 곧 조사공안에 대한 의심이니라.

한 제자가 조주 스님께 '개도 불성이 있습니까?' 물은즉 조주 이르기를 '무(無)!'라 하였으니, 과연 '無'가 무엇인가?

남악 회양 선사가 육조 혜능(六祖 慧能)에게 갔을 때 '무슨 물건이 이리 왔는고?' 물으니 '설사 한 물건이라 하여도 옳지 않습니다' 했으니 '한 물건'이라는 '이것'이 무엇인고?

이렇게 간절한 의심 하나로 천 생각 만 생각을 일시에 묶어 결박하는 것이니라.

산승이 마지막으로 묻노니, 이것이 무엇인고?"

큰스님께서는 주장자로 법상을 한 번 쿵 치신 다음 잠시 주장자를 들어 보이시고 자리에서 내려오셨다.

주장자를 보이시며 "이것이 무엇인고?" 물으실 때 "주장자지요!"라고 말하면 어리석은 개가 된다는 것인데, 그렇다면 어떻게 해야 지혜로운 사자가 되는 걸까? 언젠가 나도 큰스님을 물어뜯는 사자가 될 수 있을까?

종산 스님

1971년 9월   일

큰법당 탁자 위에 올라가 먼지를 닦고 있는데 언제 왔는지 댓돌 위에 떠억 버티고 선 종산 스님이 왜가리 같은 소리로 불호령이다.

"행자! 부처님 계신 탁자 청소를 헐라면 물팍 팍 꿇고 다소곳이 닦어야지 궁딩이 번쩍 쳐들고 그게 뭐시여?"

어쩌다 종산 스님이 오시면 도량이 떠들썩하다. 주먹 하나가 내 머리통만이나 한데다가 관수(貫手) 단련을 얼마나 했던지 손바닥을 펴도 손가락 네 개의 길이가 거의 비슷비슷할 정도다. 튀쳐나온 광대뼈와 부리부리한 눈은 마주보기가 겁난다. 허지만 항상 무서운 것만은 아니다. 금강역사상(金剛力士像)과도 같은 몸집에 어울리지 않게 쌍꺼풀이 깊이 패어 웃을 때는 천진한 어린 아이 얼굴이 되는 것이다. 거기다 새벽에 도량석 목탁을 터엉, 터엉 울리며 혜연 선사 발원문을 외우면 그냥 한 마디로 멋지다. 온

산이 쩌렁쩌렁 울리는 염불 소리는 시원하면서도 가슴에 찌륵찌륵 전기를 일으킨다. 며칠 머무는 동안 분명히 또 무슨 일인가 일어날 것이다.

1971년 9월   일

사흘이나 아무 일도 없이 넘어간다 싶더니 오늘 드디어 일이 벌어졌다. 종산 스님이 부르는 소리에 벼룻집을 들고 객실 마루로 뛰어갔었다. 두어 자 남짓 될 널빤지를 가리키며 말했다.

"야, 유행자 너 붓글씨 쓸 줄 알지?"

"못 쓰는디요."

"괜찮여, 나보다는 낫겄지. 내가 불르는 대로 써라잉."

그리고는 한 자 한 자 불렀다.

"종-에-돌-던-지-지-마-시-오."

삐뚤삐뚤한 글씨가 영 맘에 들지 않았다. 거기다 끝 구절 '마시오'가 너무 고압적인 게 아닌가 하는 생각이 들어 '마세요'로 고쳤더니 더 볼품이 없어졌다. 종산 스님이 글씨가 영 시원치 않다는 표정으로 고개를 한 번 갸웃해 보이고는 종각 기둥에 대못으로 쾅쾅 두들겨박으며 중얼댔다.

"니기미 호랭이 물어갈 중생들이 종이 뭘 달래서 자갈질이여, 자갈질이! 한참을 조용히 앉아 있을 수가 없네, 그냥."

관광객들이 걸어 잠근 종각 속의 범종에 돌멩이를 던져 시도 때도 없이 댕강댕강 울려대는 것이 몹시 귀에 거슬린 것이었다. 종산 스님은 종각을 위아래로 쓰윽 한 번 훑어보고는 큰방으로 들어갔다.

그러나 "저런 호랭이 물어갈!"을 앞세우고 다시 뛰쳐나온 것은 채 한 시간도 지나지 않아서였다. 종산 스님은 후원 한쪽에 세워둔 절구공이 중에 가장 큰 놈을 골라 들고 쿵쿵 지축을 울리며 법당 앞마당으로 달려갔다. 나는 이런 구경거리를 놓치면 안 된다 싶어 뒤쫓아 달음질쳤다. 종각 앞 이십여 명의 청년들 복판에 버티고 선 종산 스님이 그랬다.

"시방 누가 멀라고 날 불렀어? 왜 불러냈냔 말여?"

어리둥절해져 두리번거리는 청년들에게 종산 스님이 계속했다.

"이 종소리는 말여, 중덜 몽딩이 들고 나오라는 신호여. 알어? 누구냐고, 시방 나 불러낸 사람이?"

청년들이 슬금슬금 딴청을 피우며 아래 마당으로 내려갔다. 내 옆에 있던 인수가 그랬다.

"종산 스님 있잖여요, 화나면 붕붕 날러요. 저렁 것덜 몇십 명은 누워서 떡먹기랑게요."

명식이가 토를 달았다.

"얌마, 니가 봤어?"

인수가 지지 않고 맞섰다.

"꼭 봐야 허냐? 법인 스님이 그러는디 법당 지붕도 팍 뛰어 올라간다고 허드라 왜?"

살아 있는 종산 스님 주변에 벌써 온갖 전설이 만들어지고 있었다.

1971년 9월　일

아침 공양 끝에 주지 스님의 엄한 질책이 있었다. 평소 말씀을 아끼시다가도 어쩌다 입을 열면 얼음이 뚝뚝 떨어진다.

"종산 수좌는 어쩌서 아직도 그 모냥인고? 여그 문수 노스님이 이렇게 계시고, 또 어린 행자들이 보는 앞에서 겨우 주먹밖에 보여줄 것이 없어? 그까짓 종소리 하나 참아내지 못험서 어떻게 인욕(忍辱) 바라밀을 이야기허는 중이라고 헐 수가 있단 말이여? 지금도 그 정화(淨化) 판 쌈박질이나 생각허고 있으면 되겄어. 한시절 종산 수좌 이름이 날리던 때가 있기는 혔지. 허지만 그려서 혀 놓은 것이 뭐여? 정화혔다고? 늙은 대처승들 몇 쫓아낸 것이 정화여? 그것이 시방 제대로 된 정화라고 생각허는가?

제 아무리 훌륭헌 명분에 목적이 있었다고 허지만 그보다 더 중요헌 것은 부처님 가르침에 합당헌 수단이라야 되는 것이여. 또 그렇게라도 혀서 우리 교단이 정화되었다 치자. 그 다음에는 뭘 해야 되는가? 이제는 그 동안 저지른 법답지 않은 행동을 참회허고 수행자 본분으로 돌아와야 되지 않겄어? 당초 정화의 명분이라는 것이 수행도량은 수행자가 살아야 된다는 것 아니었냐 그 말이여.

　주먹으로는 호법신장(護法神將)이 될 수가 없는 법이여. 내 마음 하나 다스리지 못허면서 어떻게 법을 지킨다고 허고, 어떻게 교단을 정화헌다고 허냐는 말이여. 종소리가 귀에 거슬릴 때 안으로 안으로 마음을 돌려서 '이렇게 못마땅해허는 이놈이 무엇인고?' 참구를 헐 일이지 경계(境界)를 쫓아 밖으로 내달리면서 화두 챙기는 수좌라고 헐 수 있었어? 생사가 경각(頃刻)에 달렸는디, 정신 바짝 챙겨!"

　종산 스님은 자리에서 일어나 어간(御間)을 향해 삼배를 올리고 합장한 채 말했다.
　"큰스님들 심려를 끼쳐드려서 참으로 송구스럽습니다. 늘 살펴서 처신하겠습니다."

　주지 스님의 경책(警責)도 엄했지만 시원스럽게 자신의 실수를 인정하고 참회하는 종산 스님의 태도도 엄숙했다. 평소와 달리 사투리를 한 마디도 섞지 않았지만 억양은 그대로였다. 그 호랑이 같은 종산 스님도 문수 노스님이나 주지 스님 앞에 가면 순하디순한 토끼가 된다. 이 모두가 출가한 승려는 수행의 무게와 깨달음의 깊이로 살아간다는 것을 보여주는 것이다. 참으로 아름다운 가풍이다.

1971년 9월   일

오늘 아침, 밑도끝도없이 불쑥 "야, 유행자 가자!" 그랬었다. 종산 스님은 으레 그런 식이다. "어디 가는데요?" 하고 물었더니 다시 똑같은 투다. "가보면 알지, 너는 어디 가는지 꼭 알고 가냐?"

분위기로 보아 별로 마음 내키지 않는 곳에 간다는 것밖에는 무슨 영문인지도 모르고 산문을 나서 버스를 세 번이나 갈아타고 다다른 곳은 광주 시외버스 정류장이었다. 가끔 가까운 정읍 장에 간 적은 있지만 절에 들어간 이래 처음으로 나온 먼 나들이였다. 바삐 오가는 사람들 사이를 비집고 버스 정류장을 빠져나오는데 이따금 마주치는 우락부락하게 생긴 사람들이 우리를 향해 고개를 깊이 숙여 절을 했다. 후줄근한 승복에 그저 칠칠찮게 생긴 촌닭들에게 그리 공손히 절을 하는 사람들이 이상스레 보였다. 종산 스님은 그때마다 그저 아무것도 아니라는 듯이 고개만 한 번 끄떡할 뿐이었다. 햇볕이 제법 따갑게 내리쬐는 거리를 걷는데 어디서 뛰쳐나왔는지 불량기가 다소 심해 보이는 사내가 길을 막고 허리를 구십 도로 꺾었다.

"하이고, 성님 이거 웬일이십니까?"

얼핏 보아 종산 스님보다 오히려 나이가 많아 보이는 사람이었다. 종산 스님이 그냥 지나가는 말투로 그랬다.

"응, 장에 과일 좀 살라고. 어쩌, 뽐뿌는 잘 나오고?"

무슨 말인가 알아들었는지 말았는지 사내는 고개를 굽실거리며 "예, 예!"를 반복했다. 흰 페인트 표시가 거의 지워진 횡단보도를 건너면서 종산 스님이 중얼거렸다.

"이 호랭이 물어갈 광주에 안 나올라고 혀도 말여. 야, 그까짓 놈에 재(齋) 하나 지내는 디 무슨 빠나나에 파인애플이냐? 뭐 부처님이 빠나나 보면 웃으신다냐?"

우리는 그러니까 전라도에서 제일 큰 시장으로 재에 쓸 바나나와 파인애플을 사러 간 것이었다. 시장에서 마주친 몇 사람에게도 종산 스님은 그랬다. "응, 잘 지내능가? 빠이뿌는 안 새고?" 막연히 종산 스님이 말하는 뽐뿌(펌프)나 빠이뿌(파이프)가 남자의 그것하고 무슨 상관이 있는가 보다 짐작이 갈 뿐이었다.

내 손으로 바나나 뭉치와 파인애플을 만져보고 거기다 어깨가 뻐근할 정도로 짊어지기는 난생 처음 일이었다. 과일 보따리를 메고 시장 한쪽에 있는 식당에 들어갔다. 종산 스님은 내 의사 같은 것은 아예 묻지도 않고 큰 식당 안이 다 들리게 소리쳤다.

"아지메, 갈비탕 하나 허고 짜장면 하나 주쇼. 괴기 애끼지 말고 팍 느버려!"

나는 속으로 두런거렸다. '차별 보시에도 공양은 평등이라는 디, 누구는 갈비탕이고 누구는 짜장면이여? 짜장면이면 똑같이 짜장면이고, 갈비탕이면 똑같이 갈비탕이지!' 잠시 후 탁자 위에 음식이 내려졌다. 종산 스님이 눈에 띄게 고기가 듬뿍 들어간 갈비탕 그릇을 만족한 표정으로 들여다보고는 내 앞으로 쓱 밀어놓았다. 멍하니 쳐다보는 내 시선은 아랑곳하지 않고 짜장면을 비비며 그랬다.

"뭣 혀? 후딱 먹지. 나는 괴기 잘 못 먹어야! 젊은 놈이 그렇게 삐닥삐닥 혀갖고 쓰겄냐? 행자 노릇 거 피말르는 거여."

게눈 감추듯 국수 가닥을 말아넣은 종산 스님은 빈 그릇에 물을 조금 붓고 인지와 가운뎃손가락을 가지런히 모아 그릇을 닦기 시작했다. 공양 끝에 바리때를 닦는 식이었다. 울퉁불퉁 거친 손이 그렇게 부드럽게 움직일 수도 있다는 것은 참 이상한 일이다. 종산 스님의 튀쳐나온 광대뼈 위에 수줍게 올라앉은 쌍꺼풀도 똑같은 일이다. 그는 얌전한 새색시가 아끼는 화장품 그릇을 다루듯 짜장면 그릇을 닦더니 그 거무튀튀한 물을 홀랑 마셔버렸다.

그렇게 먹은 갈비탕 한 그릇이 그 동안에 마른 피를 보충시켜줄 것이라고는 믿지 않는다. 하지만 오늘 내가 먹은 종산 스님의 가슴살 한 덩이, 그리고 눈으로 마신 그 짜장면 그릇 닦은 물은 내 가슴을 오래오래 따뜻하게 해줄 것이다.

여전히 내 꿈은 방랑자

1971년 9월   일

　사흘 전에 새 행자가 들어왔다. 성이 이씨여서 이 행자님이라고
부른다. 서울 어느 대학교 정치학과를 다니다 그만두었다고 했다.
나이가 나보다 세 살 위다. 얼굴도 아주 준수하게 생긴데다가 아
는 게 무척 많다. 이런저런 경전을 들먹이기도 하고, 한 달 전에
온 박 행자와는 달리 합장하고 절하는 법을 가르쳐줄 필요도 없었
다. 그렇게 말은 하지 않았지만 필시 어디 다른 절에서 행자 생활
을 하다 온 것 같다.

　사람이란 아니, 나 자신이 좀 이상한 게 아닐까 생각했다. 박 행
자님과 있을 때는 그걸 몰랐는데, 경쟁심 같은 것이 느껴지는가
하면, 이 행자가 하는 일들은 별로 맘에 들지 않고 맘속으로 은근
히 흠집을 찾으려는 것 같기도 하다. 박 행자님이 자기보다 두 살
이나 위인데도 어떤 때는 슬슬 비위를 긁어놓기도 하고 알게 모르

118

게 얕잡아보는 감이 있다. 이 행자는 드러내놓고 대 본산 주지가 되는 것이 자기 꿈이라고 한다. 그런 희한한 야망을 가지고 출가하는 사람도 있다는 것을 처음으로 알았다.

유행자, 네 꿈은 뭐라고?
떠돌이, 바람처럼 흐르는 방랑자!

1971년 9월   일

후원에서 배추 시래기를 다듬다가 가벼운 실랑이가 벌어졌다. 문제의 시작은 배춧잎에 붙은 벌레였다. 아무 생각 없이 꾹 눌러 죽여버린 박 행자에게 이 행자가 시비를 걸고 늘어졌다.

"불성을 가진 생명체를 그렇게 죽이면 지옥행이라는 것 몰라, 박 행자? 어떤 사람들은 돈 주고 사다가도 풀어주는데."

일부러 말끝에 님자를 붙이지 않는 듯했다. 그렇게 님자 하나 붙이는 것까지 계산하려면 사는 게 얼마나 힘들까? 그러는 이 행자가 은근히 밉기도 해서 내가 한마디 쏘아주었다.

"배추벌레도 그렇게 소중한데 한솥밥 먹는 도반을 지옥에 가라고 저주하는 사람은 지금 바로 지옥에 있다는 것은 모를 것이어잉!"

이 행자 눈꼬리가 사납게 위로 치켜올라가는 것이 그대로 보였다. 이 행자가 그랬다.

"내 말이 틀렸어, 유행자? 그럼 방생은 왜 해?"

"언지 틀렸다고 혔어? 그치만 나는 이 행자님이 말하는 그런 지옥은 몰라. 저 벌레 집어다가 배춧잎에 도로 붙여주는 것이 방생이간디? 그러고 방생이 미꾸라지, 자라 새끼 사다가 강물에 집어넣는 거여? 내가 아는 더 멋진 방생은 그 미꾸라지 폭폭 삶어갖고 가난허고 못 먹어서 침 질질 흘리는 애들 멕이는 것이여. 운동혔담서 무슨 운동혔간디 그것도 모르네잉. 말로는 독재 타도허자고 험서 독재자 똘만이 되는 연습혔겄지 머.

제 코가 시방 석자나 빠졌는디 넘 살려주라는 말은 헐 것도 없다고요. 은근히 박 행자님 깔아뭉개면서 드러내 보이는 시기심, 화내는 마음, 본사 주지 허겄다는 욕심, 그런 것들을 벗어버리는 것이 진짜 방생이여. 왜, 내 말이 어디 쪼께 이상허요?"

박 행자 당사자는 아무 일도 없다는 듯 그저 비죽이 웃고 마는 것을 공연히 쌍심지를 세워 들고나선 내가 잘못이라면 더 잘못이었다. 독기를 품은 이 행자 눈빛은 '내가 본사 주지가 되면 너 같은 중 어디 빈방이나 하나 내주나 보자!' 하는 투였다.

좋다 이거야! 내가 누군데?

그대가 손댈 수 없는 저 하늘 그리고 온 들판
저기 날 기다리고 있는 방랑자의 고독과 기쁨이
내 잠자리, 이불, 또 베개가 되기를 꿈꾼다네!

1971년 9월   일

　오늘은 사고가 많은 날이었다. 우선 아침 나절에 이 행자와 다시 한판 붙었다.

　법당 마당의 조그만 인조 연못 속에 든 새끼 거북이가 발단이었다. 거북이에게 밥풀을 던져주면서 박 행자 입에서 용궁 이야기가 나왔고, 이어서 이 행자가 아는 체를 했다. 용수(龍樹, Nāgārjuna) 보살이 용궁에 감춰진 화엄경을 가지고 왔다는 것이다. 나도 전에 어디선가 읽은 적이 있는 이야기였다. 박 행자가 한 이야기라면 그냥 지나쳤을지도 모르는 것을 이번에는 내가 시비를 청했다.

　"이 행자님은 진짜로 그렇게 믿어요?"

　"그럼 경전에 써 있는 것을 안 믿어?"

　"어느 경전 어디에 그런 게 써 있는데요?"

　"그건 그러니까, 뭐냐면 나도 모르지만 사실이 아닌 일을 책에서 그렇게 이야기할 리가 없잖아."

　"행자님 소설책 봤지요? 책에 써 있응게 다 사실이라요?"

　"소설이야 작가의 상상력으로 있음직한 이야기를 만든 거지만 종교 서적이야 그것과는 다르잖아. 적힌 대로 믿을 수밖에. 유행자처럼 신심이 없는 사람들이야 의심하겠지만."

　"아니, 내가 신심이 있다 없다 따질 일은 아니고요, 자기 이야기만 허장게! 그렇게 시방, 이 행자님은 증말로 용수 보살이 바닷속 용궁에 감춰진 화엄경을 들고 나왔다고 믿는고만요잉?"

　"말했잖아!"

"누가 멀라고 그걸 거그다 감췄다요?"

"후세에 지혜 있는 대승 도사가 찾으라고 부처님이 그랬겠지. 소승배들은 어려워서 이해를 할 수 없었으니까."

"에헤이 참말로, 부처님이 헐 일이 그렇게 없어서 소풍간 애들 맹키로 보물찾기 헌다요? 그러고 도통헌 큰스님이 그걸 어따 쓸라고 끙끙거림서 짊어지고 와? 부처님이 거그다 감추신 뜻을 안다면 저만 보고 그대로 두고 와야지. 안 그러요? 중생들을 위해서요? 나 참 미치겠네! 행자님 말대로 부처님께서 당신 제자들한티도 어려워서 안 가르치신 거라면 그걸 누가 이해헐꺼요? 부처님 제자들이 소승이면 그 스승인 부처님은 뭐다요?

다 덮어두고 말이요잉, 내가 아는 부처님은 그렇게 뭘 감추실 양반이 아닐 거요. 상징이라는 말도 모르요? 부처님께서 이루신 깨달음의 세계를 용궁이라고 허먼 딱 안 맞겄소? 용수라는 사람도 부처님처럼 깨친 분이라면 그분도 용궁에 들어간 게 될 것 아니요? 이 행자님도 어느 날 도통허먼 용궁에 갈 거라는 소리요, 알겄소? 용수가 용궁에 갔다는 것은 아마 그런 이얘길 꺼요.

그러고 날더러 신심이 없다고 혔는디, 내가 신심이 없는 게 아니고요, 이 행자님식 신심이 아니겄지라잉. 이 대가리는 어따 두고 읽은 대로, 들은 대로 곧이듣는다요? 아그들이 부르는 동요나 유행가 가사에도 행간의 뜻이라는 게 있는 거요. '이 생명 다 바쳐서 죽도록 사랑했고' 허는 것은 겁나게 좋아혔다는 소리지 어떤 놈이 진짜로 목숨 바쳤간디?"

언뜻 유행자 판정승으로 보이겠지만 실은 먼저 시비를 걸고 부득부득 우긴 내가 졌다.

오후에는 또 박 행자한테 졌다. 법당 청소를 하다가 장난기가 발동하여 또 일을 저지른 것이다. 향로에서 반쯤 탄 선향 하나를 집어들고 불상이 모셔진 탁자에 올라가 부처님 손가락 사이에 끼워놓았었다. 온 세상에 진리와 자비의 향기를 펴시는 부처님을 생각한 것이었다. 보일 듯 말 듯 가느다란 연기를 내는 향을 들고 계신 부처님이 내 눈에는 참으로 거룩해 보였던 것도 사실이다.

박 행자님과 내가 마루를 닦고 있는데 좀 나중에 들어온 이 행자가 부처님 손에 꽂힌 향을 보고는 냅다 달려 탁자 위로 올라갔다. 손가락 사이에 끼워진 향을 빼낸 것까지는 좋았는데, 금세 이 행자 얼굴이 사색이 되었다. 불상에 앉은 먼지를 턴다고 휘두른 마른 수건이 주불(主佛) 석가모니 상(像)의 손가락 하나를 떼어낸 것이었다.

나는 후원으로 달려가 작은 접시에 보리밥을 한 수저 담아들고 오면서 법당문을 모두 닫았다. 어릴 때 할아버지가 하시던 식대로 보리밥을 으깨 풀을 만들었다. 할아버지는 그렇게 만든 끈끈한 풀로 떨어진 골패 짝을 붙이곤 하셨는데, 쌀밥보다 보리밥풀이 더 차지다고 말씀하시던 것을 생각해낸 것이다. 이 행자가 넘겨준 손가락에 풀을 바르고 있을 때 능가 스님이 법당에 들어오셨다. 금세 사태를 알아채신 능가 스님이 그러셨다.

"이런 호랭이 물어갈 보살님들아! 무슨 해괴헌 짓들이여? 어떻게 된 거여, 시방?"

나는 꿀 먹은 벙어리가 되어 고개를 숙이고 뒤꼭지를 긁적거리는데, 이 행자를 제치고 박 행자가 나서며 말했다.

"제가 수건으로 먼지를 털다가 그만. 잘못되었습니다. 담부터는 조심하겠습니다."

능가 스님께서 금세 주름 잡힌 미간을 펴시며 그러셨다.

"그래서 허는 말이여. 나무로 만든 부처는 불을 건너지 못허고, 쇠로 만든 부처도 불에는 못 견딘다고. 그런디 불에도 안 타고, 물이나 불로도 못 녹이는 것이 있디야. 그것이 뭣인가 찾아내서 제대로 쓰는 것이 중 노릇이여. 어디 다친 디는 없지? 대서지 보살! 문 활짝 열고 어서 허던 청소 끝내야지."

떨어진 손가락을 보리밥풀로 감쪽같이 붙여놓기는 했지만 불상을 마주 바라보기가 민망스러웠다. 이 행자는 청소를 다 마친 뒤에도 법당에서 나오지 못하고 수도 없이 절을 하고 있었다. 그럴 리는 없지만 부처님 손가락을 부러뜨린 과보로 주지 꿈이 망가지지 않게 해달라고 비는 것도 같았다. 모두 내가 벌인 일인데 나도 '내 방랑의 꿈이 깨지지 않게 해주십사 빌어야 될까?' 하는 생각도 들었지만 비는 일은 하지 않았다.

내 방랑은 누구에게도 구걸할 필요가 없다.
이미 내 핏줄을 가득 채우고 있기 때문이다.

도깨비

1971년 9월   일

종각 앞을 지나가는데 잔뜩 멋을 부린 등산객들이 번갈아가며 사진을 찍고 있었다. 한 아가씨가 나에게 할말이 있다는 표정으로 카메라 든 손을 어정쩡하니 들어올렸다. 멈춰 선 나에게 말했다.

"저, 여기 사진 하나 찍어줄래요?"

아가씨가 나에게 카메라를 넘겨주고 동행들과 함께 돌계단에 앉아 등산모를 고쳐쓰기도 하고 옷 매무시를 고치며 그랬다.

"사진 찍을 줄 알지요?"

하지 않아도 될 소리였다. 사실 내가 만져본 카메라야 학교 소풍 때나 동네 친구들끼리 바닷가에 가면서 사진관에서 빌린 것이 전부기는 했지만 산중 절간의 추레한 행자가 영 미덥지 못하다는 투로 들려 은근히 부아가 났다. 나는 카메라 앵글을 살그머니 내려 무릎 밑에서 자르고 옆줄로 늘어선 등산화에 정확히 초점을 맞춘 다음 셔터를 눌렀다. "그래, 발만 나온 사진이래도 초점은 또 렷해야지!" 좋은 카메라는 셔터 소리가 다른가 보다. 절커덕! 무 겁고 둔탁한 소리가 사진관에서 빌리는 소형 카메라와는 판이 다 르다. 카메라를 주고 돌아서는데 아가씨가 물었다.

"저, 이름이 뭐예요?"

퉁명스럽게 "유행자요!" 하고 대답했더니 일행 중에 한 아가씨 가 소리나게 깔깔 웃으며 그랬다. "진짜 이름이 행자예요? 내 친 구 이름은 형잔데!" 에라이, 무식허기는! 대꾸도 없이 물끄러미 쳐다보는데 처음 아가씨가 말했다.

"아까 내가 몰래 찍은 사진이 하나 있거덩요. 이 절 주소로 유 행자님이라고 쓰면 되겠죠?"

속으로 아차 싶었다. "이런 호랭이……!" 발목만 잡았었다고 실토하고 다시 한 장 찍어주고 갈까 하는 생각도 들었지만 "에라, 나도 모르겠다!" 하고 후원으로 들어와버렸다. 나도 참 못났다. 그까짓 것에 공연한 오기를 부리다니.

1971년 9월   일

객실 마루에 앉아 있다가 우체부가 건네주는 우편물 뭉치를 받 았다. 절간에까지 배달되는 일간지의 연재 소설이나 불교신문에 있는 기초 교리 해설을 읽는 것이 좋다. 그런데 오늘은 '유행자님 앞'으로 온 편지도 한 장 있었다. 봉투 속에는 냇가에서 빨래를 하고 있는 내 사진도 한 장 들어 있었다. 편지에 써 있다.

　발들이 이뻤던 모양이죠? 발부리를 잘 살피라는 충고로 받아들이겠어요. 우리 할아버지 방에 조고각하(照顧脚下)라고 쓰인 족자가 있어요. 어느 큰스님께서 써주셨다는데요, 할아버지 설명으로는 '발뒤꿈치를 돌아보라' 는 뜻이래요.
　사진 맘에 들어요? 몰래 찍어서 좀 미안하긴 하지만 가까이 다가가면 그런 표정을 잡을 수가 없을 것 같아 멀리서 줌렌즈로 찍었어요. 이 사진을 그림으로 그려보고 싶어요. 사진이야 취미로 찍는 거구요, 사실은 그림 그리는 게 내 일이거든요.

　구멍난 속옷을 하늘 쪽으로 들고 비춰보는 우스운 사진이다. 사진을 찍으려거든 어디 빛바랜 기둥에 기대어 지그시 눈을 감고 있는 모습을 찍든지 말든지 할 것이지, 세상에 구멍난 팬티를 멍청히 바라보는 행자 사진이라니……
　히죽히죽 웃는 나를 돌아보며 읽던 신문을 접고 능가 스님이 그러셨다.
　"이런 호랭이 물어갈, 조심혀 이놈아! 산골에서 풀만 먹는 중 잡어가는 도깨비가 있디야. 대서지 보살!"
　하지만 그 여자가 그런 흉악한 도깨비 같지는 않다는 생각이 들었다. 또 은근히 그런 도깨비라면 잡혀가도 대수랴 싶기도 했다.

1971년 9월   일

　며칠 전 살짝 아랫마을에 내려가 우체통에 편지를 집어넣은 뒤
로 늘 우체부가 기다려진다. 아득히 멀어진 세상과 나를 다시 연
결시키는 가느다란 실과도 같고, 가슴속에 감춰진 세상을 향한 내
그리움을 전하는 통로 같기도 하다.

　생각나는 거라고는 빨간 모자와 체크 무늬 모직 등산바지가 전
부인 사람에게 오늘 다시 편지를 썼었다. 가랑잎 색깔로 위장한
송장메뚜기처럼, 철 따라 바뀌는 개구리처럼 딴에는 속내를 드러
내지 않고 감춘다고는 했지만 그 뜬금없는 사진 한 장에 이렇게
안달을 하는 나는 이미 내 속을 다 보여주고 있는 것이다. 꼭 그
사람이 아닌 세상에 대한 막연한 그리움이라 하더라도 어릴 때 생
물 도감에서 본 적이 있는 속이 말갛게 비치는 물고기가 된 것 같
았다. 그런 내 모습이 씁쓸해서 애써 쓴 편지를 태워버렸다.

1971년 9월   일

　알 수 없는 것이 인연의 끄나풀이다. 느슨해졌는가 싶다가도 어
느 순간엔가 다시 팽팽하게 당겨져 가슴을 에고, 또 전혀 예상치
못한 일을 계기로 긴장이 완전히 사라지기도 한다.

　오늘 편지를 받았다. 사연은 없고 화선지에 먹물로 그린 그림
한 장이 전부였다. 지난번에 받은 사진을 확대한 듯한 그림인데
냇물에 늘어진 단풍나무 가지가 운치 있어 보인다. 그림을 보신

능가 스님이 말씀하셨다.

"어이고, 솜씨가 제법이다잉! 그런디 이게 뭣이다냐? 낙관을 찍을라면 그림 한쪽에 찍을 것이지 종이 뒤에다 이게 먼 짓이여?"

그림 종이를 받아든 법인 스님이 씨익 웃으며 그랬다.

"예, 이거요, 그 도깨비가 확 물어뜯어주겠다고 써놓았고만요."

다시 살펴본 종이 뒷면에 연지 바른 입술 도장이 찍혀 있었다. "어메, 대서지 보살 마하살!" 온몸에 소름이 쫙 돋아나는 것을 느꼈다. 한참 동안이나 세로줄까지 선명한 입술 도장을 멍청히 들여다보았다. 문득 그 속에서 피 묻은 입을 벌리고 달겨드는 도깨비를 보았다. 구겨서 불 꺼진 아궁이 속에 던져버리고 방에 들어와 순이에게 편지를 썼다.

　　순이야, 진짜로 코딱지만치도 안 보고 싶다!

순이가 이걸 어떻게 알아들을까? 순이도 누구에겐가 입술 도장 찍은 편지를 보낼까? 이쁜 순이는 절대로 도깨비가 되지 않을 것이다. 하기야 누군가가 도깨비로 둔갑하는 것은 전적으로 그 사람 탓만은 아니다. 자신을 도깨비로 볼 수 있는 사람도 있다는 것을 생각하지 않았다는 잘못이 있기는 하지만.

보낼 주소도 없는 편지는 끝내 아궁이 속에서 도깨비와 함께 태워지고 말았다.

자벌레

1971년 9월   일

오후에 개울가에서 문수 노스님이 빨래를 하고 계셨다. 얼른 다가가 빼앗다시피 비누와 빨랫감을 챙겨들었다. 빨래라야 겨우 조그만 바랑과 홑고의 하나가 전부였지만 바짓가랑이를 말아올리고 개울 속으로 들어가 여러 번 헹군 다음 꼭 짜서 들고 나왔다. 햇볕이 드는 바위 위에 빨래를 널어놓고 노스님 발 아래 앉아서 어리광을 부리듯 말씀드렸다.

"노스님 발 씻겨드릴게요."

노스님이 빙긋이 웃으며 그러셨다.

"그려, 어디 호강 한번 혀보까!"

바위에 걸터앉은 채 물에 담그신 노스님의 홀쭉이 마른 정강이와 발이 어린아이의 살갗처럼 희고 부드럽다. 뽀도독뽀도독 소리가 나게 발등을 문지르며 다시 말씀드렸다.

"노스님! 오늘부터 제가 노스님 시자(侍者) 할까요?"

"시봉받을 사람이 따로 있지, 내가 무슨? 그것도 다 빚을 지는 거지. 내 젊을 적부터 늘 생각한 것 중에 하나가 그거여. 죽는 날까지 내 몸 내 힘으로 건사헐 거라고 말이여. 출가 사문이 뚜렷헌 제 안목(眼目)을 가지고 살아야 하는 것은 말헐 것도 없지만 몸뚱이 또한 누구에게 의탁하지 않는 것이 도 닦는 사람의 자세여. 훗날 혹여 내 노망이 들어 망발을 허거든 그때 구박이나 허지 말어. 관세음 보살!"

전에도 노스님께서 여러 차례나 말씀하셨었다. "숲속에서도 저잣거리에서도 수행자는 늘 홀로 선다. 수행자의 양식은 사무치는 외로움이다"라고. 바랑과 고의를 뒤집어 널며 노스님께 여쭈었다.

"노스님! 노스님 바랑은 왜 유난히 작아요?"

"가난헌 노승이 그것도 크지. 들어갈 것이나 있나? 바리때허고 가사 한 영이면 내 살림 전부가 아닌가!

욕심이란 한이 없는 것이여. 부처님 말씀에 '욕심의 바다는 끝이 없어서 수미산보다 큰 황금 덩어리로도 채울 수 없는 것'이라고 허셨어. 중생이 어리석다는 것은 바로 그렇게 알고 있으면서도 그걸 채워보려고 안달을 헌다는 것이지. 관세음 보살!……

애당초 뭘 크게 이뤄볼 야심도 없었고, 또 그럴 주변머리도 없지마는 나한티는 그 바리때허고 가사만으로도 무거운 짐이여."

언젠가 능가 스님께서 말씀하신 적이 있다.

"이상허게 들릴지 모르지만 수행의 깊이라는 것은 우둔헌 눈에
도 번히 드러나는 법이여. 첫째 잣대가 바로 말과 행이 일치허는
가를 보는 거여. 입에 붙은 소리로 무소유(無所有)와 안빈낙도(安
貧樂道)를 외우고 그 값으로 고매한 이름과 호사를 누리는 위선자
들도 있잖여? 비싼 명주 베로 안감을 대고 바깥은 더덕더덕 기운
누더기나 마찬가지지. 굳이 그 잣대를 대지 않더라도 그런 사람은
저잣거리의 풍각쟁이나 약장수보다 못혀. 약장수는 첨부터 솔직
허게 느러내놓고 '나 시방 돈 벌라고 이러요' 험서 그 짓 허는 것
잉게."

　나는 어떤 잣대로도 문수 노스님을 측량할 수가 없다. 노스님의
온후하신 성품과 겸손, 그리고 무언중에 행하는 지혜 앞에 서면
나는 감히 몸을 움츠리지도 못하고 펴지도 못하는 한 마리의 자벌
레가 된다. 그러나 나는 오색 구름 위에 올라앉은 문수 보살을 엎
드린 채 우러러보는 행복한 자벌레다.

물들이기

1971년 9월   일

동구밖 당산나무 있는 곳까지 문수 노스님을 배웅하고 돌아오는 길에 나무 밑에 떨어진 땡감을 주워왔다. 먹물이 다 빠져 옅은 회색으로 변한 누더기에 감물을 들이면 어떨까 해서였다. 떫은 감을 절구에 곱게 찧어 누더기와 함께 주물러 햇볕에 내걸었다. 물이 고루 들지 않고 얼룩이 지기는 했지만 연한 갈색 옷이 되었다. 너무 닳아 후줄그레한 헝겊이 빳빳해진 듯해서 좋다.

문수 노스님은 훌쩍 어디론가 가셨다가는 가신 것처럼 그렇게 돌아오시곤 한다. 언젠가 노스님께서 말씀하셨다.

"도 닦는 중은 모름지기 새가 나는 하늘과 같아야지. 허공에는 아무 자취도 남지 않는 것잉게!"

사람들은 자기 목소리를 높이기 위해, 나 여기 이렇게 있다고 보여주려고, 또 별것도 아닌 제 자취를 남기기 위해 안간힘을 쓴다. 물들인 옷을 만지작거리며 이러고 있는 나를 보시면 노스님께서 무어라고 하셨을까 짐작해보았다.

"먹물들인 옷을 입고 산다고 우리 불가를 치문(緇門)이라고 허는디 너는 밤색 물을 들였냐? 허기사 중이 붉은 치마를 입으면 또 어떠랴마는……

물을 들인다는 것이 무신 소린고? 중물이 든다는 것은 당초에 없던 새로운 색깔을 갖다 바르고 붙이는 것이 아니여. 오히려, 이미 있는 '나다!' 허는 색깔, 중이니 속이니 허는 그 분별심을 지워내는 것이 왈, 중물을 들인다고 허는 거란 말여.

물이 빠지면 빠질수록 더 깊고 은은해지는 법이지. 저 하늘을 봐라. 아무 색깔도 없응게 저렇게 맑고 푸른 것 아녀?"

그러시겠지.

시다림(尸茶林)

1971년 10월   일

　법인 스님을 따라 바닷가 포구 마을로 시다림(尸茶林)을 갔다. 나 같은 행자야 겨우 목탁과 요령, 그리고 의식에 필요한 경전을 싸들고 가는 짐꾼이거나 뜻도 제대로 모르는 경전을 그저 큰 소리로 따라 읽는 조수일 뿐이다.

　조그만 포구 마을, 썰물로 드러난 넓은 개펄에 온통 젊은 어머니의 통곡이 짙은 안개로 자욱했었다. 눈물 속에 뇌고 또 뇌는 여인의 사설만으로 그간의 사정을 환히 알 수 있을 것 같았다.

　칠산 앞바다로 조기잡이를 나갔다가 영영 돌아오지 못한 남편, 그 뒤에 낳은 유복자 아들, 초가을 바닷가로 망둥이 낚시질을 나갔다가 제 허벅지에도 차지 않는 물에 빠져죽은 열일곱 살짜리 외아들……

법인 스님의 요령 소리에 맞춰 외우는 무상계(無常戒) 한 대목이 날카로운 낚싯바늘로 가슴에 걸렸다. 입으로는 소리를 내면서도 생각은 안으로 안으로 잦아들어가고 있었다.

"언젠가 이 대천세계도 불타고 수미산과 큰 바다도 없어질 것을, 어찌 하면 이 작은 몸뚱이 생로병사와 슬픔과 고뇌로부터 벗어날 수 있을 것인가? 지수화풍(地水火風) 사대(四大)의 인연 화합으로 이루어진 몸, 이제 부서져 뿔뿔이 흩어지면 그대 어디에 있는가?"

전에도 수없이 읽었던 구절이지만 나나 비슷한 나이인 소년의 시신 앞에서 읽는 똑같은 구절이 어느 때보다도 절실하게 가슴에 사무치는 것이었다. 죽음이라는 것이 바로 내 앞에도 도사리고 있다는 것을 생각했다. 죽음! 그 앞에서 우리의 삶이란 무엇인가? 죽음 앞에서 그토록 안달을 하며 지키고자 하는 나란 무엇인가?

원각경 보안장과 아미타경 등 몇 가지 경전을 독송하고 일어난 것은 초상 마당에 들어선 지 두 시간이 조금 지나서였다. 법인 스님이 마을 어귀에 있는 작은 가게로 들어가 사이다 한 병과 두 홉들이 소주 한 병을 들고 나왔다. 오후의 햇살을 받아 반짝이는 바다를 내려다보며 언덕의 갈대밭에 앉았다. 법인 스님이 어금니로 사이다 병마개를 따서 내게 건네주고 자기는 단숨에 두 홉 소주를

거의 반이나 마셔버렸다. 잠시 바다를 쳐다보다가 나머지 소주를
다 털어넣고 벌렁 드러누우며 법인 스님이 그랬다.

"히야, 하늘 한번 더럽다!"

구름 한 점 없이 맑은 가을 하늘을 멀거니 올려다보며 깊이 가
라앉은 목소리로 법인 스님이 말했다.

"어쩌다 겁나게 부끄러질 때가 있어야잉?……

아까 거그서 내가 무슨 생각을 헌지 아냐? 오늘 같은 날, 만약
에 말이다, 부처님께서 거기 나타나셨더라면 어떻게 허셨겄냐?
모르긴 허지만 분명히 그 여자 눈물을 뚝 그치게 허는 무슨 묘수
를 보였을 거다. 안 그러겄냐? 그런디 내 중 노릇 십 년은 머여?
남에 눈물 그치기는커녕 내 눈물도 감장을 못 허는 주제에 그까짓
요령이나 덜겅덜겅 흔들면서. 참 못나기는.

딱 한마디로, 아니 그냥 지그시 바라보는 눈길로 남에 눈물을
거둬버리는 무슨 수가 없으까?……

나는 어쩌 걸핏허먼 눈물이 나냐?"

법인 스님의 눈꼬리가 촉촉이 젖어 있었다.

겨우 신참내기 행자 주제에 선배 스님들이 이룬 수행의 깊이나
경지를 가늠할 수 없는 일이기는 하지만 남의 슬픔에 저토록 맑은
눈물을 흘리는 법인 스님의 봄풀처럼 여린 가슴이 여느 도인이 보
이는 신통력에 못지않다는 생각을 감히 해봤다.

탈출 모의

1971년 10월   일

건듯 부는 바람에 슬머시 드러눕는 갈대 끝에서 아무것도 집착할 게 없다는 듯 가볍게 날아오르는 고추잠자리가 아름답다.

억새풀 끝처럼 따끔거리는 햇살이며 맑은 바람이 떠나자고, 그냥 어디로든 떠나자고 소곤댄다.

그러나 나는 툴툴 털고 일어서지 못한다.

무엇이 나를 붙잡는가? 나는 왜 훌쩍, 철새처럼 그렇게 떠날 수 없는가?

이 마른 바람이 다시 습기를 품고 함박눈이라도 흩어 뿌리면 나는, 내 열아홉 이 스산한 가슴은 어쩌지?

1971년 10월   일

　오후에 정읍 장에 갔었다. 재에 쓸 과일과 마른나물 몇 가지를 샀다. 해질 무렵까지 길가에 서서 시외버스 정류장에 들랑거리는 차들을 바라보았다. 그리 많은 행선지 표지판 가운데 내가 갈 만한 곳은 아무 데도 없었다.

　황혼이 깔리는 한길을 걸어 기차역으로 갔다.

　기차 시간표를 읽고 또 읽으면서 동틀 무렵 하행선 종착역인 목포에 내려 밝아오는 바다를 볼 수 있다면 참 좋겠다고 생각했다. 거기 힘차게 날아오르는 갈매기를 따라 먼바다까지 나갈 수 있다면…… 그러나 내가 할 수 있는 거라고는 대합실 긴 의자에 앉아 오가는 사람들의 얼굴이나 쳐다보는 것이었다.

　옆에 내려놓았던 장 보따리는 그저 핑계일 뿐이었던 것 같다. 어디론가 훌쩍 떠나지 못하는 것은 무엇 때문일까?

　꿈은 참 좋다. 한 발짝도 움직이지 않고 은하계 저편에 닿을 수 있다.

　헤엄치듯 하늘을 날았다. 막차에서 내려 산사로 오는 길에 올려다보았던 그 별로 향했다. 거기까지 가서 딱히 해야 될 일이란 없다. 별똥별을 타고 그냥 끝없는 허공 밝게 빛나는 별 사이를 날기도 하고, 사람들이 이미 먼 옛적에 사라졌다고 믿는 별에 드러누워보기도 하는 것이다.

1971년 10월   일

　해인사로 간다는 이 행자와 동행하기로 약속했다. 이왕 행자 생활을 하려면 대중이 많은 큰절에서 해야 된다는 것이 이 행자의 생각이지만 나로서는 앞뒤를 따져보지도 않고 내린 결정이다. 가기로 정하기는 했어도 굳이 그렇게 하지 않으면 안 될 이유라고 할 만한 것은 없다. 그저 어디론가 가고 싶다는 것이 전부다.

　사흘 뒤면……

　그러나, 막상 떠난다고 생각하니 아쉬움이 크다. 언제 어디서나 생길 수 있는 사소한 인연으로 여겼던 것들이 이런 식으로 쉽사리 뭉개버려서는 안 될 소중한 것이라는 생각을 떨칠 수가 없다. 더구나 문수 노스님께서도 출타중인데다가 그토록 자상하게 초발심자경문을 새겨주신 주지 스님께 아무 말도 없이 달아나는 것은 옳지 않다는 생각도 든다.

　구속이란 나 아닌 다른 것이 나를 붙들어매는 것이 아니라 내 스스로 무언가에 매달리는 것인가 보다.

　내가 매달리는 것은 무얼까? 인정? 의무감? 아니면……?

　무엇이 되었건 그 모두로부터 자유로울 수 있다면 좋겠다.

1971년 10월   일

　오늘 새벽 예불을 마치고 서리 하얗게 내린 길을 이 행자 혼자

떠났다.

어떤 사람은 그리 쉽사리 돌아서는 것을 나는 무슨 까닭으로 그렇게 멈칫거리고, 멍청히 떠나는 사람의 뒷모습을 바라보고 서 있어야 되는가?

이리저리 궁리해보아도 그럴듯한 이유를 찾을 수 없다. 애초 내 심장이 방랑하기에는 너무 작은 걸까? 내 방랑의 꿈은 첨부터 그냥 망상 속의 방황에 지나지 않는 것일까?

지금쯤 이 행자는 해인사에 들어갔을까?

문수 노스님은 어느 바람 앞에 서 계실까?

그래, 내가 떠나지 않은 것은 언젠가 여기 다시 오실 문수 노스님을 기다리기 위해서라고 해둬야지!

따끈하게 데운 물로 노스님 발을 씻겨드려야지.

함평댁

1971년 11월   일

후원 한쪽에서 공양주 보살 함평댁이 울고 있었다. 부목 처사인 홀애비 김씨가 늦여름 이래 지금까지 해다주는 나뭇단이 온통 가시투성이란다. 손바닥에 박힌 맹감나무 가시를 뽑아들고 훌쩍거리며 말했다.

"썩을 놈에 인간, 그저 오기만 그득해갖고. 시방 내 나이 쉰이 다 되어서 무슨 상득을 보겠다고 그런 서방을 봐?"

진즉부터 짐작이야 하고 있었던 일이지만 함평댁의 이야기로 모든 게 확실해졌다. 추근대는 김씨의 청을 거절한 대가로 밥 짓는 나뭇단 속에 거칠고 사나운 가시가 점점 더 많아지고 있다는 것이다.

세상에는 참 별스런 프로포즈, 별난 시위도 다 있다.

흘끔 함평댁을 훔쳐보며 "보살님은 참 좋겠다. 얼마나 좋으면 그럴라구요” 하고 말했더니 함평댁이 코를 패앵 풀고 치마 끝으로 훔치며 갈랜 목소리로 투덜댔다.

“하이고, 모르는 소리 허덜 말어요. 세상에 맹감나무는 아무것도 아녀라오. 공단 저고리를 줘도 귀찮은 판에 산초나무 가시를 보면 그 인간 속구멍이 꼭 그 모양으로 생겨먹은 것 같아서 지긋지긋허게 싫당게.”

누가 참견해서 될 일도 아니지만 그대로 가다가는 더 험해질 조짐이다. 아무래도 내가 나서서 노랑수건 노릇을 해야 될 것 같다.

1971년 11월   일

따끔거리는 가을 햇볕을 밟고 절 주변을 돌며 보라색, 흰색 예쁜 들국화만 골라서 꺾었다.

거의 한 아름이나 되는 들국화를 들고 절 모퉁이에 서서 나뭇단을 지고 내려오는 부목 처사 김씨를 기다렸다. 김씨의 지게에 얹힌 나뭇단은 아닌게 아니라 가시투성이였다. 함평댁이 이야기한 것보다 훨씬 심했으면 심했지 덜하지 않을 것 같았다. 김씨가 능글맞게 웃으며 그랬다.

“쪼께 있으면 솜이 날 것잉만!”

한가롭게 이죽거리는 김씨가 안쓰럽기도 해서 내 딴에는 근엄한 표정을 지어보려고 했는데 왠지 어색하게 느껴져 금세 내 본래의 투가 되어버렸다.

"시방 일이 꺼꿀로 가요, 꺼꿀로! 그랬다가는 될 것도 안 될 것 잉게요, 내가 시키는 대로 허시요잉. 그 나무 여그다 부려놓고 얼 릉 풀어봐요."

김씨가 풀어헤친 나뭇단 속에 들국화를 집어넣으며 내가 말했 었다.

"일부러 가시 붙은 나무 찾느라고 힘들이지 말고요 낼부터는 이 산에서 제일 이쁜 꽃을 찾아요. 알었지요?"

가시나무 속에 든 들국화! 아무래도 기묘하고 요상한 조화였다.

1971년 11월   일

김씨가 지고 오는 나뭇단 속 하얀 억새꽃이 가을 햇살에 눈부셨 다. 김씨가 그랬다.

"맨날 들국화를 뜯어제낑게 인제 씨가 말러부렀어!"

"하필이면 때가 늦가을이네요잉! 어디 양지쪽에 도라지꽃 없으 까요? 그 남색 도라지꽃 겁나게 이쁘잖여요."

"낼 모리 눈이 오게 생겼는디 시방 도라지꽃이 어딨어?"

"참 처사님도, 아 도라지꽃 없으면 용담꽃이라도 찾어요."

"용담꽃은 쓰디쓸 것인디. 그 뿌리가 좀 쓰덩게비. 허기사 거시 기, 우리 함평댁만치 쓰고 뻣뻣헌 것이 어디 또 있을라고!"

'우리 함평댁'의 '우리'라는 단어가 참 듣기 좋았다.

온 산에 들국화가 한 송이도 없이 사라진들 어떠랴! 도라지, 용담꽃이 다 시들었으면 또 어떠랴! 잎 진 골짜기 저만큼에 해당화 한 송이가 벙긋이 피어나고 있는 것을.

아하, 달콤쌉쌀한 늦가을 사랑아!

1971년 11월   일

함평댁이 붉은 단풍잎이 새겨진 수건을 머리에 쓰고 밥솥에 불을 지피고 있었다. 김씨가 아랫마을 가게에서 사다가 나뭇단에 꽂아두었던 수건이다. 무서리에 더욱 향기로워진 들국화 몇 송이를 나뭇단 속에서 추려내어 부뚜막 한쪽에 올려놓는 함평댁의 얼굴이 봄날 진달래처럼 발그레했다.

그렇지 않아도 훈훈할 함평댁 방은 김씨가 아낌 없이 밀어넣는 군불로 올 겨울 긴긴 밤 내내 절절 끓겠지.

아하, 복사꽃 흐드러져 아늑한 겨울 밤이여!

엽서

1971년 12월　일

　내일이 동안거(冬安居) 결제일이다. 추적추적 초겨울 비가 내렸다. 읍내에 나가 우체국 창구에 서서 엽서를 썼다. 보내는 사람도 받을 사람도 나였다. 그러나 전혀 다른 사람일 수도 있다는 생각이다.

　안녕?

　차창 밖 빈 들에, 시든 들국화에 내리는 비를 보았어.

　어느 생엔가 여러 번 온 적이 있는 것도 같은 작은 도시의 우체국에 왔지. 글쎄, 다시 어디로 갈 것인지는 나도 몰라. 정류장에 가서 행선판도 읽지 않고 오른쪽에서 세번째 차를 타겠어. 다시 이런 엽서를 보내겠다는 약속은 할 수 없어. 다 잊어버리고 싶거든.

허지만 곧 그 골짜기 바위, 나무, 풀포기까지도 그리워질 거야.
그 이야기 알지, 언젠가 내가 해주었잖아? 저마다의 배꼽이
수많은 인연의 고무줄로 연결되어 있다는 이야기 말야. 이 고무
줄은 절대로 끊어지는 법이 없대. 다만 너무 가까우면 느슨해져
서 시들했다가 너무 멀어 팽팽해지면 가슴이 아픈 거래. 우린
늘 너무 멀어 아프기만 했지?

오후 늦게 내가 오른 차는 왼쪽에서 세번째, 산사로 돌아오는
버스였다.

발원

1971년 12월   일

해안 큰스님의 결제 법문을 다시 생각한다. 큰스님께서 그러셨다.

"도를 이룸에 있어서도 깊고 낮음이 있으니, 옛 스승들의 말씀에 이르기를 제일구(第一句)에 깨치면 부처나 조사의 스승이 되고, 제이구(第二句)에 터득허면 인천(人天)의 스승이 되며, 제삼구(第三句)에 얻으면 겨우 제 양식도 넉넉지 못허다 허셨어. 그러니 어쩌다 조금 얻은 것으로 만족할 것이 아니여. 그야말로 피눈물나는 인내로 정진에 일관허고 마침내 확철대오(廓徹大悟)해서 불조의 스승이 되고, 삼계의 대도사(大導師)가 되겠다는 비장한 원력을 세워야 된다 그 말이여. 고인의 말에 '뼈를 깎는 찬 기운이 뼛속에 사무치지 않고서야 어찌 코를 찌르는 매화 향기를 맛볼 수 있으랴' 허지 않았던가?"

나로서야 처음부터 삼계의 스승이 되겠다는 원을 세워본 적은 없다. 다만 그렇지 않아도 온갖 쓰레기를 안고 끙끙대는 대지에 귀찮은 짐이 되지는 말아야겠다고 생각했을 뿐이다. 이런 소원 같지도 않은 소원을 이루기 위해서 나는 몇 생을 더 태어나고 더 닦아야 될까? 그러나 알 수 없는 전생이나 내생 일은 접어두자. 오늘, 아니 지금 이 순간만 생각하자. 오늘이 마지막 날이라고 생각하자. 그리고 일찍이 균여(均如) 대사께서 부르신 노래 마음에 새겨 늘 따라 부르리라.

> 우리 부처님께서 사시던 세상
> 닦으려 하시던
> 난행(難行)과 고행(苦行)의 원(願)
> 내 기꺼이 좇으리라
> 몸은 부서져 티끌이 되어가는 것이니
> 목숨을 버릴 사이에도 그렇게 배우리
> 모든 부처님도 그같이 하신 분들이시라
> 아!
> 불도(佛道)를 향한 마음아 다른 길로 빗겨가지 않도록 하라
> ─ 균여 대사의 「보현십원가(普賢十願歌)」 중에서 '상수불학가(常修佛學歌)'

눈길

1971년 12월　일

어제 밤 늦게부터 눈이 내렸다. 며칠 전에 이미 진눈깨비 첫눈이 오기는 했지만 이렇게 소담스럽게 쌓인 것은 처음이다. 아침 공양 끝에 주지 스님께서 대중들 얼굴을 주욱 둘러보시고 말씀하셨다.

"누구여, 도둑괭이맹키로 밤마실 댕기는 스님이?"

내려간 발자국은 없는데 수북이 쌓인 눈길에 산문으로 들어온 발자국만 한 줄 선명하게 찍혀 있었다는 것이다. 누군가 밤늦게 아니면 새벽녘에 산문 밖에 나갔다가 눈이 그칠 무렵에 들어온 것이라고 짐작할 수 있다. 그럴 리는 없겠지만 누군가 이른 아침에 신발을 거꾸로 신거나 뒷걸음질로 산문을 나갔다고 할 수는 없을까? 허지만 새벽에 들어온 객승이 있는 것도 아니고, 누가 밤사이에 사라진 것도 아니니 아침 공양에 빠짐없이 참석한 대중 가운데 하나일 것이다. 그러나 꼭 찾아내겠다고 꺼낸 이야기는 아니라도 "나요!" 하고 나서는 사람은 없었다. 주지 스님께서 벙긋이 웃으시며 그러셨다.

"모르기는 허지만 아마 우리 절에 몽유병 앓는 중이 있는갑다. 중생사가 모두 몽중이니 우리가 시방 그 꿈 깨자고 이렇게 사는 것 아닌가? 그까짓 눈 쪼께 온다고 산중을 헤매면 어쩌자는 거여? 꿈들 깨!"

어디선가 읽었던 바다거북이 이야기가 생각났다.

먼바다를 지나 부화에 적당한 해변에 힘겹게 올라온 거북이는 구멍을 파고 알을 낳은 다음 모래로 알 구덩이를 덮어 감춘다고 했다. 이 고통스러운 작업을 마친 거북이는 다시 바다로 돌아간다. 그러나 모래밭에는 자신의 꼬리를 끌고 간 자국이 남게 된다. 그 흔적의 끄트머리는 바로 감추어 보호하고자 하는 자기 알이 숨겨진 자리인 것이다.

어제 밤 어느 스님이 걸었던 그 눈길의 끝, 아니 시작은 어딜까? 어느 골짜기나 산등성이, 바닷가, 아니면 산골 마을 돌담 가 어딘가에 감추어두고 싶은 자기만의 탑일까? 그는 눈발 사이로 무엇을 보았을까? 빗줄기를 타고 승천하는 용처럼 그의 혼은 어둠 속에 내리는 눈송이를 발판 삼아 하늘에 오르고 싶었을까?

자명종

1971년 12월   일

　사십대 중반의 부부가 날 찾아왔다. 밑도끝도없이 고맙다며 불쑥 내놓은 것은 예쁘게 생긴 새 탁상시계였다. 이 부부는 지난 여름 할머니를 따라 여기 온 적이 있던 창이네 엄마 아빠라고 했다. 가끔 어찌 됐을까 궁금해하기도 했던 초등학교 삼학년짜리 꼬마인데 여전히 말썽꾸러기에 건강하단다.

　그때, 창이는 백중 기도에 동참했던 할머니를 따라 넙죽넙죽 절을 하기도 하고, 무슨 말인지도 모르면서 어른들을 따라 열심히 지장 보살을 외우기도 했었다. 사나흘 머무르는 동안 제 또래 행자들과 함께 앞 냇물에서 홀랑 벗은 엉덩이를 드러내고 물장구를 치며 마냥 즐거워했다.

　일이 벌어진 것은 창이가 집에 돌아가는 날이었다. 아랫마을에서 다섯시쯤 출발하는 버스를 타기 위해서 막 마루에서 일어날 참이었다. 누룽지와 시루떡을 함께 싸놓은 할머니의 조그만 옷 보퉁이 속에서 앙증맞은 종소리가 새어나왔다. 어리둥절해진 창이 할머니가 보퉁이 속에서 끄집어낸 것은 세시 반에 울리도록 맞추어놓은 내 작은 자명종 시계였다.

하필이면 그 시간에……

반 시간쯤 일찍 일어나서 준비를 해야 정확히 네시에 새벽 예불 도량석을 시작할 수 있기 때문이다. 작은 보석함 모양의 뚜껑을 열면 그 속에 시계가 들어 있는데, 창이 녀석의 눈에도 귀엽고 깜찍했던 모양이다. 사실 누구라도 그렇게 느낄 만했다. 계면쩍어 고개를 비트는 창이의 어깨를 붙들어 몇 번 다독거리고 주머니 속에 그 시계를 집어넣어주었었다.

오늘밤부터는 자다 말고 몇 번씩 일어나 벽시계를 바라볼 필요가 없게 되었다. 창이는 나처럼 이른 새벽에 일어날 일은 없겠지? 허지만, 창이도 엄마가 이불을 걷어내고 엉덩이를 두들기기 전에 제 스스로 맞춘 시간, 여섯시쯤에는 일어났으면 좋겠다.

독약 인절미

1971년 12월   일

오후 능가 스님 방에 손님이 찾아왔다. 스님을 극진히 모시는 광주 보살님의 막내딸이다. 차림새로 보아 궁하게 사는 것 같지는 않지만 그렇다고 편안한 얼굴은 아니다. 오래 전부터 스님께 속에 있는 말이나 살다가 생기는 어려운 일을 털어놓고 가르침을 청해 왔던 것 같다.

찻물을 끓여 들여놓고 내 방으로 왔다. 겨우 미닫이문 하나로 가려진 것이어서 옆 방 이야기가 나한테 하는 것처럼 들린다. 앞에 무슨 말이 오갔는지 미루어 알 수 있을 것 같다. 또 스님의 목소리를 들으면 지금 어떤 표정을 하고 계실지도 짐작할 수 있다.

"사랑? 그것이 뭣 허는 것이다냐, 시방? 그저 불쌍헌 중생들끼리 쪼께 서로 의지허고, 정 붙임서 사는 것이 왈 사랑이다. 너 아

"

니먼 못 살고, 어쩌고, 울고 짜는 것이 사랑이냐? 그게 다 제 생각
밖에 못 허는 것들이 허는 소리여. 내가 너 아니면 죽웅게 너도 나
아니면 죽어번지라는 것인디, 그게 시방 장삿속이지 무슨 사랑이
냐? 증말로 사랑헌다면 말여, 말 그대로 희생헌 사람은 입 꾹 다
물고 암 말도 안 허는 거여. 참으로 사랑헌 것이 아니고, 희생헌
것도 아닝게 입으로 나불나불허는 거 아니것어? 그려 안 그려?

　그러고 인제 니 맘대로 산다고 혔는디, 그게 니 맘대로 되기는
허데?…… 안 되지? 거봐! 니 맘도 니 맘대로 안 되는디, 남에 맘
을 니 맘대로 헐라고 허면 그것이 되것어?

　또 이야그헌다마는 우리네 중생이 하나같이 불쌍허기 그지없는
것들이여. 꿰매고 꿰매도 질질 새는 바가지 같은 것이 우리네 중
생이여. 또 언지 깨질지 모르는 투가리 같은 것이 우리 중생들 살
림살이여. 그것도 모르고 쥐뿔도 없음서, 잘나지도 못혔음서, 대
가리 꼿꼿허게 쳐들고 설치는 그 중생들이 얼매나 불쌍허냐? 자
비고 사랑이고 그것이 별거냐? 너나 헐 것 없이 참으로 불쌍헌 중
생이구나 허고 생각허는 것이 바로 자비여. 다소곳이 '이예! 아무
렴요. 지당허십니다' 허고 고개 수그리는 것이 자비고, 또 잘난
사람이라 그 말이여.

　알어들었으면 법당에 가서 부처님께 절이나 허고 얼릉 가. 집에
들어갈 때도 빈손으로 가지 말고, 동태라도 서너 마리 들고 가서
얼큰허게 끓여. 처처불상(處處佛像)이요 사사불공(事事佛供)이라
고 허는 소리도 안 들어봤냐? 모두가 섬겨야 헐 부처님이고, 허는

일 모두가 불공이라는 말이여. 말이 난 짐에 이얘기 하나 허랴?

늙은 시애미가 메누리를 그렇게 볶아쌌트란다. 사사건건 트집이요, 구박이 어찌나 심허든지 비상이라도 멕여서 죽이고 싶게 밉드래. 하루는 탁발 나온 노스님한티 물었어야.

'시님, 어치케 허먼 우리 시오메 후딱 죽어번지게 허꺼라오?'

노스님이 그러드란다. '석 달 열흘 하루도 안 걸르고 인절미 서 홉씩만 먹으먼 되야. 더도 말고 덜도 말고 서 홉씩만 혀!'

더 미룰 것도 없이 당장 그날부터 인절미를 혀다 바쳤지. 미운 생각이 하늘까지 뻗친 터라 노스님 말대로 하루도 안 걸르고 석 달이 다 갔어야. 그런디 말이다, 간살시럽고 무상헌 것이 인정이요, 마음인지라 그렇게 독살시럽고 미웁던 시에미 태도가 바뀐 것은 말헐 것도 없고, 메누리도 어느새 죽이고 싶던 마음이 싹 가셔버린 거여. 되려 '곧 석 달 열흘이 차는디 어쩐다나?' 허고 걱정이 된단 말여. 노스님 암자로 쫓아가 펑펑 움서 통사정을 혔드란다.

'어치케 허먼 우리 오메 안 죽게 허꺼라오?'

노스님이 그렸지.

'죽어도 안 죽을 것잉게 걱정 마!'

너 시방 웃었지? 그려, 이게 다 지어낸 이얘기다마는 그게 하나도 틀린 말이 아녀. 만 번 절을 허먼 돌부처도 웃는다고 혔어. 증

말로 웃는 거여. 내가 바뀌면 세상이 바뀌는 법이여. 퉁퉁 불은 돌
부처가 연꽃같이 환허게 웃는다 그 말이여. 어서 가봐!"

한고조(寒苦鳥)

1972년 1월   일

　우리말 사전을 뒤적이다 한고조(寒苦鳥)라는 단어에 눈길이 멎었다. 글자가 엮어진 품으로는 '추위에 시달리는 새' 쯤으로 보이는데, 사전 풀이에 따르면 대설산(大雪山), 즉 히말라야에 산다는 상상의 새란다. 이 새는 밤이면 추위에 떨며 "날 새면, 날 새면 집 지어야지. 집 지어야지" 하고 울다가도 날이 밝아 햇살이 퍼지면 간밤에 수도 없이 뇐 다짐을 모두 다 잊고서 "무상한 몸 죽으면 그만이지 그까짓 집은 지어 무엇하리" 하고 그대로 지낸단다.

　어느 경전에 나오는 이야기인지는 몰라도 도 닦는 일에 게으른 출가 수행자에 비유된 새라고 금세 짐작할 수 있다. 그러나 비단 수행자뿐만 아니라 우리네 어리석은 중생들의 행동거지나 살림살이 또한 이 한고조와 별 다름이 없을 것 같다.

　그 경전에서 말하고자 하는 추위란 히말라야에 몰아치는 북풍

한설을 가리키는 것은 아닐 것이다. 그렇다면 우리네 중생들을 움츠리고 좌절케 하는 가장 혹독한 추위는 무엇일까?

가난, 배고픔, 이별, 배신, 그리움, 시기, 질투, 늙음, 병듦, 죽음……
아니면 가망 없는 희망!

내 앞길에 닥칠 이 찬바람을 무엇으로 막을 수 있는가?
나는 그 동안 어떤 둥지를 만들었지?
만들기는 고사하고 이미 있던 둥지를 허물고 부서뜨린 것은 아닌가?
온갖 구실과 허울로 위장된 탐욕과 어리석음을 발원(發願)이라는 이름으로 미화하고 있지는 않은가?
아니면 내가 꿈꾸는 방랑도 실은 그 찬바람을 피해 달아나보려는 어이없는 수작일까?
그런 것도 같고 또 아닌 것 같기도 하다. 이번 겨울 내내 곰곰 따져봐야겠다.

관음조

1972년 1월   일

종일 하늘이 파랬다. 연일 내린 눈으로 온통 하얀 산에 내리는 맑은 햇살이 눈부셨다. 두텁게 눈을 쓰고 있는 선방 뒤 대숲에서 세상에 저렇게 예쁜 새도 있을까 싶을 만큼 멋진 새를 보았다. 비둘기 정도의 몸통에 거의 어른 팔 길이나 되는 긴 꼬리를 하고 있었다. 눈 쌓인 대나무 가지 사이를 휘어감듯 미끄러져 날아가는 모습이 너무나 아름다웠다. 무진 노스님께 물었더니 가끔 그 대숲에 나타나는 관음조라고 말씀하셨다. 노스님 설명으로는 아주 옛적부터 드물게 이 절 주변에 나타나는 새인데 그 새를 본 사람에게 아주 좋은 일이 생기기도 하지만, 그 새가 눈 밖으로 사라지기 전에 소원을 빌면 꼭 이루어지게 해주는 길조라는 것이었다.

관음조!

고통받는 중생들의 신음소리를 빠짐없이 다 듣고 함께 아파하신다는 관세음 보살의 화현일까? 그 아름다운 새가 내 어깨에 내려앉아 단 하나의 소원을 말하라면 뭐라고 할까?

내 눈길 안에 드는 모든 이들에게 기쁨을 주소서!
내 모습을 보는 이들에게서 슬픔을 거두소서!
이 세상에 있는 모든 악을 쓸어가소서!
미운 것도 이쁜 것도 다 기껍게 품어안게 하소서!

이것저것 다 좋다마는 가장 멋진 것은,
"그런 것 묻지도 마오. 내 일 내가 알아서 하리다!"

눈과 해오라비

1972년 1월   일

내일부터 이레 동안의 용맹정진이 시작된다. 석가모니 부처님 성도재일인 섣달 초 여드렛날 아침에 끝나게 된다.

보통 용맹정진이라고 하면 정해진 기간 동안 전혀 눈도 붙이지 않고 화두에 몰두하는 것인데 해안 큰스님식 용맹정진은 평소와 똑같이 일과 시간을 지키고 다만 눈을 뜨고 있는 시간 동안 더 철저하고 성성하게 화두를 챙기는 것이다.

내 화두는 '이 무엇고(시심마)?'지만 이번 용맹정진 기간 동안에는 어떻게 사는 스님이 가장 멋진 스님인지, 나는 어떤 승려가 될 것인지 생각해볼 작정이다. 이 정진이 끝나는 성도재 날이면 일 년간의 내 행자 생활이 끝나고 사미계를 받게 되는 것이다. 어떤 법명을 주실지 벌써부터 궁금해진다.

1972년 1월   일

스스로 주위가 산만하고 집중력이 형편없다거나 매사에 건성이
라고 생각지는 않았는데 선방(禪房)에 앉기만 하면 전혀 딴판이
되는 듯한 느낌이 든다. 불과 오 분 동안도 한 생각에 머무르지 못
하는 것이다. 하나에서 열까지 앞뒤로 세어보기도 하고, 정신을
바짝 차리고 화두에 매달리려 해도 마음은 이리저리 종잡을 수 없
게 날뛴다. 마치 꼬리에 불이 붙은 여우 꼴이다.

어찌어찌해서 겨우 붙들어맨다 싶으면 어느새 마음속에는 엉뚱
한 것이 기어들어오기 일쑤다. 그러나 때로 부질없는 망상에 빠져
방선 죽비가 울린 것도 모르고 앉아 있던 적도 있다. 이러한 사실
은 삼매의 가능성을 보여주는 것일 수도 있다. 오로지 한 생각에
몰입함으로써 시공을 자재로 넘나들 수 있다면 세상과 우주는 어
떻게 달라질까?

1972년 1월   일

오늘 해안 큰스님께서 정진에 참가한 온 대중을 하나하나 불러
내어 물으셨다. 이번 용맹정진에는 약 이십 명 정도의 스님과 삼
십 명 남짓한 신도들이 참가했다. 해안 큰스님이 하시는 질문의
내용과 억양은 한결같았다. 주장자를 들어 보이시며 : "이것이 뭣
인고?"

그러나 대답은 제각각이다.

법상 앞으로 불려나간 원성 스님에게 물으셨다.

"이것이 뭣인고?"

원성 스님이 자리에서 벌떡 일어나 큰스님의 주장자를 나꿔채어 앞으로 들이밀며 되쏘았다.

"이것은 무엇입니까?"

큰스님께서 담담히 말씀하셨다.

"들어가봐!"

다음에 나온 법산 스님한테 다시 물으셨다.

"이것이 뭣인고?"

법산 스님은 큰스님 말이 떨어지자마자 바로 앞에 있는 촛불을 훅 불어끄고 묵묵히 큰스님을 올려다보았다.

큰스님께서 그러셨다.

"들어가봐!"

차례가 되어 앞으로 나간 내게도 똑같은 물음이었다. 어리둥절하기도 했지만 감히 큰스님을 올려다보지도 못하고 눈을 내리뜨고 있는 내게 주장자를 보이시며 다시 물으셨다.

"이것이 뭣인고?"

"모르겠습니다!"

"들어가봐!"

자리로 돌아와 곰곰 생각했다. 그런 때는 뭐라고 대답했어야 하지? 화가 치밀기도 하고 부끄럽기도 했지만 마땅한 대답을 찾을 길이 없었다. 그러면서 생각했다. '이렇게 쩔쩔매는 이것이 무엇 인가?'

나중에 불려나간 노보살님에게도 같은 물음이 떨어졌다.

"이것이 뭣인고?"

노보살님이 대답했다.

"마음이지요!"

"들어가봐!"

마음이라! 그럴 것 같기도 하고, 그게 아닌 것도 같다. 이런 식으로 대중 모두를 점검하신 큰스님께서 낭랑한 목소리로 게송을 읊으셨다.

하얗게 눈 덮인 들에
해오라비 한 마리 앉았더라
눈 하얗고 해오라비도 하얗다만
그 흰색이 한가지로 희더냐?

큰스님께서 주장자로 법상을 쿵! 내리치셨다.

수계식

1972년 1월   일

용맹정진 회향 의식을 치르기 전에 내 수계식이 있었다. 해안 큰스님께서 어떻게 탐·진·치(貪嗔痴) 삼독심(三毒心)을 제거할 것인지, 계·정·혜(戒定慧) 삼학(三學)을 어떻게 닦아나갈 것인지에 대해 아주 자상하고 엄하게 이르셨다. 마지막으로 말씀하셨다.

"인제 이 시간 이후로는 유행자가 아니라 재연(在然) 스님이 되었으니, 어떻게 혀야 있을 재(在) 그러헐 연(然), 즉 그대로 여여(如如)한 수행자가 될 것인지 이야기헐 것인즉, 잘 새겨둬라."

재연에게 내리는 법어

탐진치 삼독심 영영 끊어내고
계정혜 삼학 부지런히 닦으라

닦을 것도 끊어낼 것도 없는 그 자리에
변함없는 그놈 홀연히 드러나리라.

示在然法語

永斷貪瞋痴
勤修戒定慧
無修無斷處
始覺一眞常

모녀

1972년 2월   일

며칠 후면 동안거 해제일이다. 벌써부터 대중들 얼굴에 설렘의 기색이 보인다. 누더기를 빨아 널기도 하고, 무명옷에 풀을 먹여 다림질을 하는 스님들도 있다. 누가 밀어내는 것도 아니고, 어디서 기다리는 사람이 있는 것도 아닐 텐데 무엇이 저리 발끝을 가볍게 하고 설레게 하는 것일까? 해제하고 나면 겨울 동안 모여 함께 지낸 스님들이 다시 저마다의 길을 나설 것이다.

방랑!

머지않아 대지를 감싸고 돌 봄바람 속을 떠돌다 여름에 머물 둥지를 찾겠지.

나도 가야지! 새 풀 돋아나는 봄길, 노곤한 봄길 아지랑이 속에 바랑을 베고 드러누워 나비 꿈도 꾸어야지!

1972년 2월   일

점심 공양 후에 포행을 나섰다. 얼어붙은 눈이 발 아래서 버석거렸다.

그 모녀를 만난 것은 절 아래 전나무 숲 어귀에서였다. 아랫마을 상가에서 기념품과 잡화를 파는 가겟집 아주머니와 그 집 둘째 딸이었다. 진즉부터 그 아름드리 전나무 뒤에 몸을 가리고 누군가 내려오기를 기다리고 있었던 것 같았다. 옆에서 고개를 숙이고 있는 딸을 곁눈질로 훔쳐보고는 어머니가 그랬다.

"선하 스님 아직 안 가셨죠?"

함께 살던 이십여 명의 대중 가운데서 가장 맑고 준수한 스님의 이름이 불거져나온 것은 전혀 이상한 일이 아니다. 어찌 되었건 차마 "해제식이 끝나자마자 걸망을 지고 나가더라"고 말할 수는 없었다. 머뭇거리다가 겨우 내가 해준 대답은 참으로 답답한 것이었다.

"글쎄요, 오늘 아침까지는 있더만! 올 여름 결제에 다시 올지도 모른다고 허기는 혔는디……"

"혹시 지금 절에 계신지 한번 알아봐주실래요?"

"나 시방 급히 혀야 헐 일이 있어서요……"

휘적휘적 들어선 산길에서 내 발소리에 놀란 작은 산새 한 마리가 포르르 날아올랐다. 돌멩이 하나를 집어 어디라고 정한 데 없이 힘껏 내던졌다.

돌아서던 처자의 어깨, 멍하니 빈 길을 쳐다보던 어머니의 옆얼
굴이 온 하늘을 덮어버렸다.

그리운 문수 노스님

1972년 3월　일

　문수 노스님을 생각하며 누더기를 기웠다. 훌쩍 어디론가 떠나신 노스님이 돌아오시기를 기다린다. 노스님께 수계했다고 자랑하고 싶다. 노스님께서 "재연 스님!" 그렇게 불러주실 텐데. 언젠가는 노스님을 모시고 스님께서 젊은 날 정진하시던 곳이며, 떠돌던 강과 들에 나가야지.

　새털처럼 가벼운 노스님은 지금 어디서 어느 바람에 날리고 계실까?

"초발심으로 돌아가라!"

벌써 삼십 년 가까이 되는 일이다. 이 글 속에 나오는 그때 그 훌륭한 스승님들은 이미 오래 전에 가셨다. 그러나 아직도 이토록 선명하게 그분들의 모습을 기억할 수 있는 나는 무척 행복한 사람이다. 그날들을 생각하면 그분들의 깊은 자비와 온정에 온몸이 저려온다. 그 환한 가을 햇살을 등지고 떠나신 문수 노스님은 끝내 돌아오지 않으셨다. 땡감 물들인 누더기를 보여드리고 싶었는데. 그리고 자랑스럽게 내 법명을 알려드리고 "재연 스님!" 그렇게 불러주실 때를 기다렸는데.

이따금 간절히 그리워지는 그날의 스승님들, 그분들 앞에 무릎을 꿇고 앉아 꾸지람을 듣던 시절은 아마 내 생에 가장 행복했던 시절이었던가 보다. 나도 누구에겐가 이렇게 가슴에 에이는 그리움을, 이 나이에도 흘리는 이런 눈물을, 이토록 아린 감동을 심어놓기를 감히 꿈꿀 수 있는가?

이 그리움과 경외, 깊은 감동의 뿌리는 무엇인가? 그것은 그분들의 빼어난 학식도 아니요, 근엄한 자태나 위엄도 아니다. 세속적인 권위 혹은 힘에 초연했던 그분들은 가진 것 없이도 오히려 넉넉했으며, 바람처럼 자유로우면서도 산보다 무거웠다. 깊으면서도 밝았고, 시리도록 맑으면서도 따스했던 것이다. 그분들에게 수행이란 없는 것을 만들어간 것이 아니라 있는 것을 덜어내고 비워내는 일이었다. 그것이 곧 우리들의 초발심(初發心)이 아니었던가!

깊으면 어둡고 맑으면 차가운 것, 없으면 궁색해 보이고, 발랄하면 경박해지는 것이 중생들의 살림살이다. 오늘의 나는 어떤가? 보잘것없는 학식을 짐짓 꾸며 가리고 티끌처럼 가볍게 날리며, 배고프지 않으면서 더 채우기 위해 허덕이고, 얕으면서도 어둡고, 맑지도 못하면서 차갑기만 하다. 거기다 관용과 자비의 이름으로 남보다는 자신을 용서해온 것이 아닌가? 용서할 수 없는 것에 비겁해질 때, 이미 수행자이기를 포기한 것이다. 세상을 맑히고 계도하기는커녕 지탄과 질책의 대상이 되어버린 오늘, 우리가 그렇다.

당장이라도 문수 노스님께서 나타나 부모미생전(父母未生前)의

본래면목(本來面目)이 무어냐고 다그치시면, 해안 스님께서 주장자를 들어 보이시며 "이것이 무엇이냐?"고 물으시면, 은사 스님께서 그 동안 장만한 중 살림살이를 내놓아 보라시면 무얼 내놓고 무얼 보여드릴 수 있을까?

　겨우 키워온 것이 망상이요, 허영이라고 호되게 꾸지람을 당하는 일이 있어도 다시 그분들을 뵈올 수 있었으면. 그분들 아무 말씀도 없으시면 나는 일부러 야료를 부리거나 망나니짓을 해서라도 그 봄바람처럼 부드러우면서도 바늘같이 따가운 법문을 청할 것이다. 그러나 나는 이미 알고 있다. 그 스승님들의 법문은 단 한마디로 족하다는 것을.
　"초발심으로 돌아가라!"

1999년 2월 4일

재연

문학동네 산문집

입산

ⓒ 재연 스님 1999

1판　1쇄	1999년　2월 19일
1판　4쇄	1999년　4월 15일
개정판 1쇄	2006년　2월 28일
개정판 2쇄	2020년 11월 30일

지은이 재연 스님
펴낸이 염현숙
책임편집 조연주 오경철
마케팅 정민호 박보람 우상욱 안남영
홍보 김희숙 김상만 지문희 김현지 이소정 이미희
제작 강신은 김동욱 임현식 | 제작처 한영문화사

펴낸곳 (주)문학동네
출판등록 1993년 10월 22일 제406-2003-000045호
주소 10881 경기도 파주시 회동길 210
전자우편 editor@munhak.com | 대표전화 031)955-8888 | 팩스 031)955-8855
문의전화 031) 955-3576(마케팅) 031) 955-8864(편집)
문학동네카페 http://cafe.naver.com/mhdn

ISBN 89-546-0101-4 03810

* 이 책의 판권은 지은이와 문학동네에 있습니다.
　이 책 내용의 전부 또는 일부를 재사용하려면 반드시 양측의 서면 동의를 받아야 합니다.
* 이 도서의 국립중앙도서관 출판예정도서목록(CIP)은 서지정보유통지원시스템 홈페이지
　(http://seoji.nl.go.kr)와 국가자료종합목록 구축시스템(http://kolis-net.nl.go.kr)에서
　이용하실 수 있습니다.(CIP제어번호: CIP2006000296)

잘못된 책은 구입하신 서점에서 교환해드립니다.
기타 교환 문의: 031) 955-2661, 3580

www.munhak.com